BRETONISCHE ERMITTLUNGEN

MARIES DUNKLES GEHEIMNIS

Titel der Originalausgabe :
L'ÉTRANGE SECRET DE MARIE CLOAREC

Aus dem Französischen von
Julia Wetter und Sylvie Kaufhold

Umschlaggestaltung:
Jérémy Renault und Anne-Éléonor Olivier © 2016

ISBN: 978-2-37453-164-9

ALEX NICOL

BRETONISCHE ERMITTLUNGEN

MARIES DUNKLES GEHEIMNIS

KRIMINALROMAN

Aus dem Französischen von
JULIA WETTER und SYLVIE KAUFHOLD

LES ÉDITIONS DU 38 VERLAG

1

Die Augen des fröhlichen, kleinen Mannes aus der Nähe von *Pont-L'Abbé*, der Gwenn Rosmadec gegenüber stand, brachten die Dankbarkeit der ganzen Welt zum Ausdruck.

»Ach, Monsieur Rosmadec, ihr Bericht ist fabelhaft. Sie haben erstaunliche Dinge über das Leben unserer Familie herausgefunden. Ich bin Ihnen so dankbar.«

»Ich bin zufrieden, wenn ich dazu beitragen konnte, einen Teil Ihrer Vergangenheit in einem anderen Licht erscheinen zu lassen. Aber wissen Sie, Monsieur, in meinem Beruf passiert so etwas regelmäßig. Ich bin nur eine Art Stimmensammler, der die Stimmen auf der Schreibmaschine in Worte umwandelt und Ihnen ungefiltert zurückgibt.

»Das ist wohl wahr. Sie schreiben aber wirklich gut, Monsieur Rosmadec. Als ich die Geschichte meiner Familie so gelesen habe, habe ich fast geglaubt, es wäre ein schöner Roman.«

»Die Realität holt die Fiktion oft ein. Im Übrigen können Schriftsteller kaum etwas anderes ersinnen, als das, was die menschliche Seele geprägt hat. Aber ich muss zugeben, dass meine Recherche dieses Mal relativ einfach war. Alle, die ich um ein Interview gebeten hatte, haben umgehend zugesagt und es hat auch niemand versucht etwas zu verbergen. Dann fließen die Worte wie wohlklingende Musik auf einer Partitur. Ich will sagen, es hat mir sehr viel Freude gemacht, diesen Auftrag für Sie auszuführen. Das Aktenbündel, das ich Ihnen überreicht habe, soll alle – und in Ihrem Fall sind es Unzählige – erfreuen, die ihren Beitrag dazu geleistet haben.«

Gwenn Rosmadec warf seinen roten Haarschopf in den Nacken und erhob sich, um seinem Gegenüber zu signalisieren, dass das Gespräch beendet war. Der alte Bauer stand ebenfalls auf und hielt dabei die Geschichte seiner Familie, seines Lebens, eng an sein Herz gepresst.

»Wie viel bin ich Ihnen schuldig, Monsieur Rosmadec?«

»Ich lasse Ihnen meine Honorarrechnung per Post zukommen. Ich bin noch nicht dazu gekommen, die Abrechnung zu machen.«

»Einverstanden, nochmals vielen Dank, Monsieur Rosmadec.«

»Auf Wiedersehen, Monsieur.«

Gwenn begleitete seinen Klienten zur Tür und sah ihm nach, wie er zu seinem Auto ging. Mit einem fröhlichen *Kenavo* fuhr er davon, verschwand bald um die Kurve und verließ das ruhige, kleine Viertel, in dem Gwenn sein Schreibatelier eingerichtet hatte. Er genoss die Unabhängigkeit seines neuen Berufes. Um die vierzig, sportlich, groß und von kräftiger Statur, immer in alten Jeans und weißem T-Shirt, stets mit einem breiten mexikanischen Gürtel gekleidet, nahm er das Leben auf epikureische Weise und kostete die Lust daran stetig aus. Seine Erfahrungen aus seiner Zeit als aktiver Rugbyspieler befähigten ihn auf der einen Seite dazu, Situationen schnell richtig einzuschätzen und hatten ihn letztendlich die Kunst des Vorhersehens gelehrt. Seine gebrochene Nase war ein Beweis sowohl für seine aktive Teilnahme am Kräftemessen im Spiel, als auch an den sich anschließenden Festen.

Es war Mitte Juli und ein fabelhaftes Wetter hatte sich über der gesamten Bretagne ausgebreitet und speziell über dem kleinen Hafen von *Sainte-Marine*, wo der öffentliche Schreiber und Biograph Gwenn Rosmadec sich niedergelassen hatte. Sein weißes, schiefergedecktes Haus fügte sich harmonisch in die Landschaft ein und mit der Zeit hatten die wuchernden Hortensien, das Heidekraut und die alte Eiche dem Schmuckkästchen einen ganz besonderen Charme verliehen. Gwenn betrachtete seinen frisch gemähten, sattgrünen Rasen und atmete tief die jodhaltige Luft ein, die vom nahe gelegenen Atlantik herüberwehte. Er brauchte den direkten Kontakt mit den Elementen, umso mehr nach dem langen Gespräch hinter verschlossenen Türen mit dem alten Landwirt.

Er nahm erneut einen tiefen Atemzug der nach Tang und der Felsküste von *Glénan* duftenden, frischen Brise, die von Abenteuern erfüllt zu sein schien. In einer Ecke des Gartens schnitt seine Frau Soazic einen Rosenbusch zurück. Silberne Möwen segelten kreischend über ihren Köpfen auf dem Weg zu einem geheimnisvollen Ziel.

Gwenn hatte lange Zeit an den Brennpunkten der ganzen Welt als Journalist gearbeitet. Er hatte so auf dem Gebiet des Schreibens eine solide Basis erworben und beschloss eines Tages, dass die Zeit gekommen war, für etwas Stabilität und Ruhe in seinem Leben zu sorgen. Er ließ sich in seinem Elternhaus nieder und stellte fortan seine Fähigkeiten als öffentlicher Schreiber in den Dienst der Allgemeinheit. Der Erfolg ließ nicht lange auf sich warten, denn Gwenn ging gerne auf Menschen zu. Er fand immer die richtigen Worte, um mit den Leuten in Kontakt zu kommen, ganz gleich, ob er als Übersetzer, Korrekturleser, Berater oder Biograf tätig war. Bei den Treffen spann er ein Netz des Vertrauens zwischen sich und seinen Gesprächspartnern, sodass sie offen und ehrlich ihre ganze Geschichte vor ihm ausbreiteten. Anschließend machte er sich die Mühe, die gesammelten Informationen nachzuprüfen und mit anderen Quellen zu vergleichen. Stück für Stück entstand aufgrund seines journalistischen Talents ein akribisch recherchierter, solider und präziser Text, den er anschließend seinem Kunden überreichte. Jede Geschichte war anders, aber jeder Bruchstein eines Lebens machte ihn glücklich, und es erfüllte ihn mit tiefer Zufriedenheit, wenn er am Ende sein vollendetes Werk übergab. Gleichwohl wusste er genug über die menschliche Seele und ihre Abgründe, um gelegentlich einige Enthüllungen zu verschweigen, die alte, längst verheilte Wunden wieder aufgerissen hätten. Dennoch hätte er es sich niemals erlaubt, die Wahrheit verzerrt wiederzugeben. Er war schließlich kein Romanautor, er schrieb die Geschichte anderer Leute auf und hatte die ethische Pflicht, diese zu respektieren.

Er rief Soazic, die immer noch die Gartenschere in der Hand hatte und mit ihren Rosen beschäftigt war.

»Liebling, drehst Du mit mir eine Runde im Hafen?«

Die Frau seines Lebens hielt inne, legte die Schere auf den Gartentisch, lächelte und rief zurück:

»In Ordnung, ich komme gleich.«

Soazic hatte sich aus ihrer Zeit als aktive Schwimmerin, während der sie sämtliche Titel der Bretagne gewonnen hatte, ihre athletische Figur und die strahlende Lebhaftigkeit in ihrem von langem, schwarzem Haar eingerahmten Gesicht bewahrt.

Wenige Augenblicke später bogen sie in die Eichenallee, die auf der hinteren Seite an ihr Haus grenzte und erreichten den Zugang zum Bootsanleger des Yachthafens.

Auf dem *Odet,* von einer findigen Webeagentur mit dem effektvollen Beinamen »der schönste Fluss Frankreichs« versehen, lag der Hafen, ein Zufluchtsort sowohl für unerfahrene als auch für versierte Segler und Yachtbesitzer, gerade wenn der Seegang bedrohlich wurde. Durch die direkte Verbindung zum Atlantik war die Mündung von Ebbe und Flut betroffen und die an den Bojen geankerten Schiffe drehten je nach Strömung den Bug nach Süden oder Norden. Nur die Boote der Privilegierten, die einen Liegeplatz im Hafen hatten, behielten die immer gleiche Ausrichtung. Und das hieß, die Sonntagskapitäne sollten eigentlich in der

Lage sein, die gegensätzliche Strömung zu bewältigen und aus dem Hafen herauszumanövrieren, wobei nicht selten der Hilfsmotor die bessere Wahl war.

Durch die stetig wachsende Zahl der Touristen war der Hafen mittlerweile übervoll. Alle Arten von Booten tanzten im Rhythmus der Meeresbewegungen, während einige Angler versuchten, die zwischen den Algen versteckten Goldbrassen und Meeräschen herauszufischen. An den Bojen ankerten Schiffe aus Großbritannien, den Niederlanden, von überall her. Brasilianische Musik klang aus der Tiefe der kleinen Bucht: Sänger und Musiker mit Gitarren und Rumba-Rasseln untermalten mit ihren tropischen Klängen die Gespräche der Gäste des Cafés am Hafen. Ein kleiner, weißer Kläffer lag auf dem Holzfußboden des Bistros und schien sein Frauchen an der Leine zu halten. Eine Pariserin, wie für eine Opernpremiere geschminkt, den Kopf von einem riesigen Hut bedeckt, der dem Epson-Derby alle Ehre gemacht hätte, sog an einem Plastikstrohhalm ihren Apéritif. Kinder spielten Tarzan auf dem alten Baum am Rande der Anlegeplätze. Die Schlauchboote der Hafenmeisterei vollführten währenddessen ein Wasserballett in der Fahrrinne, um die Skipper und ihre Schiffsbesatzung bei ihren Segelbooten, die vor Anker gegangen waren, abzuholen. Am Ende der Hafenmole brachte Marcel, der Krabbenfischer, seinen Fang in die großen, grauen und gelben Polystyrolbehälter der Handelskammer *Quimper* ein. Die Pizzeria war wie jeden Abend bereits gut besucht und die Nachzügler versuchten nichtsdestotrotz einen Platz zu ergattern oder wenigstens für später zu reservieren.

Gwenn und Soazic nahmen im Hafencafé an ihrem Lieblingstisch etwas im Hintergrund Platz, mit Blick auf das Meer. Der Kellner trat zu ihnen an den Tisch und fragte:

»Wie immer?«

Gwenn schmunzelte und bestätigte:

»Wie immer, Yann. Ein dunkles Bier und ein helles.«

Die Bedienung verschwand und kam gleich darauf mit der Bestellung zurück. Gwenn genoss sein bretonisches Bier ebenso sehr wie den Ausblick auf die Landschaft. Der wortgewaltige Redner liebte mehr als jeder andere die Stille. Gegenüber tanzten die Fischerboote und kleinen Kutter sanft in der Strömung. Ein kleines Segelboot aus *Bantry* wartete an seinem Liegeplatz darauf, dass Freiwillige der Crew das am Mast befestigte rote Segel einholten. Eine leichte Brise streichelte die Hortensienbüsche, die die alte Kapelle aus Granit umgaben, und ihr Duft kitzelte die Passanten in der Nase.

Gwenn nahm Soazics Hand und spürte, dass seine Frau genau wie er im Einklang mit der Schönheit des Augenblicks war. Ihre Blicke trafen sich und in ihren Augen spiegelte sich ihre gegenseitige Zuneigung wider. In diesem Augenblick existierten nur sie beide, waren sie eins mit der Welt. Die Zeit schien still zu stehen gleichermaßen wie ein unvollendeter Satz; jede Sekunde war kostbar.

Das Klingeln seines Mobiltelefons riss sie abrupt aus ihrem Tagtraum. Gwenn ließ Soazics Hand los und nahm ab:

»Gwenn Rosmadec, *bonjour*!«

Eine dunkle, tiefe Stimme wie die eines Pfarrers in der Kirche traf an sein Ohr.

»*Bonjour* Monsieur Rosmadec, *Maître* Lefort, Notar aus *Quimper*, am Apparat.«

»*Bonjour Maître*, habe ich eine Erbschaft gemacht?«

Maître Lefort ignorierte den Scherz und fuhr in gleichem Ton fort:

»Es sind ihre Talente als Biograph, Monsieur Rosmadec, weshalb ich anrufe. Ich möchte, dass Sie meine Geschichte recherchieren und aufschreiben.«

»Sehr gerne, *Maître* Lefort, das ist mein Beruf. Wann können wir uns treffen?«

»Können Sie in meine Notarkanzlei nach *Quimper* kommen?«

»Ja, aber natürlich.«

»Dann sagen wir morgen gegen 11 Uhr. Das Büro ist in der *Rue Vis*. Sie sehen mein Kanzleischild an der Eingangstüre.«

»Wunderbar, *Maître*, dann bis morgen.«

»Wer war es?« , fragte Soazic.

»Ein Mandant, für morgen. Ich werde Dir nach unserem Treffen alles erzählen. Hast Du Lust auf eine Pizza?«

Jean-François, der Pizzabäcker, begrüßte sie mit seiner sprichwörtlich guten Laune. Er hatte seine Pizzeria während der Saison von Ostern bis Allerheiligen geöffnet und faktisch kümmerte er sich den Rest des Jahres ausschließlich um seine Frau und sein Haus. Er war zu Recht der Ansicht, dass dies genau die richtige

Lebenseinstellung war.

Als Gwenn und Soazic sein Restaurant betraten, war er gerade dabei, mit Mehl bestäubten Händen kleine Teigkugeln zu rollen, die dazu bestimmt waren, sich in köstliche Meeresfrüchtepizzen zu verwandeln.

»*Salut* JF! Hast Du noch etwas kalte Himbeerrhabarbersuppe?«

»Natürlich, ich habe wieder Nachschub. Ich nehme aber an, dass Ihr vorher eine Pizza nehmt?«

»Zweimal Meeresfrüchte, wie immer.«

»Und eine Karaffe Chianti?«

»Sehr gerne.«

Jean-François' Pizzen, von seiner Frau Christine serviert, waren köstlich. Die letzten Segelboote auf dem Fluss kehrten zurück, während Gwenn und Soazic die Karaffe leerten und die Jakobsmuscheln von der Pizza kosteten. Ein großes, mit Sand beladenes Schiff bahnte sich seinen Weg zwischen den vor Anker liegenden Booten. Seit dem Verbot, Sand aus dem Fluss zu gewinnen, ist es zur Gewohnheit geworden, deswegen zu den *Glénan-Inseln* zu fahren, und das Schauspiel war fester Bestandteil des Landschaftsbildes. Der Kapitän hupte, bevor das Schiff hinter der Felsenküste verschwand, die die Anlegebrücke abschirmte.

Gwenn zog Soazic rasch nach draußen zu einem Tisch, den zwei deutsche Touristen gerade frei gemacht hatten. JF, hinter seinem Tresen, begann das Gespräch:

»Also Gwenn, wer ist denn nun Dein neuer Mandant?«

»*Maître* Lefort aus *Quimper*; kennst Du ihn?«

Jean-François hörte einen Moment auf, Teig zu kneten, um nachzudenken.

»Es kommt mir so vor, als sei mir der Name nicht unbekannt... mal überlegen. Ah, es handelt sich wahrscheinlich um diesen Notar, von dem alle nur Gutes berichten.«

»Warum?«

»Wenn ich mich recht erinnere, hat er mit Nichts angefangen und sich alles selbst erarbeitet. Seine Mutter war eine arme Witwe, aber er hat es trotzdem geschafft, Jura zu studieren und Notar zu werden.«

»Er hat es geschafft, eine Notarlizenz zu kaufen?«

»Ja, es sieht so aus; ich weiß aber nicht, wie er das angestellt hat. Jedenfalls wird er stets als Sinnbild für Fleiß und Arbeit, als Musterschüler und Vorbild für alle Schüler dargestellt.«

»Woher weißt Du das?«

»Christine arbeitet in einem Berufsgymnasium. Er war dort einmal eingeladen, um über seinen Werdegang zu referieren. So hat sie ihn kennen gelernt und so habe auch ich davon erfahren. Ein Stück Schokolade zum Kaffee?«

Gwenn bejahte und verlor sich in der Betrachtung einer kleinen Windböe über dem *Odet*.

2

Versteckt hinter dem Uferdamm des *Odet* lag ebenso unauffällig wie unansehnlich die *Rue Vis*: keine Geschäfte, keine Firmenschilder, nur alte Gebäude mit steinernen Fassaden aus Granit. Der Fahrstreifen war schmal und Gwenn hatte alle Mühe, einen halbwegs legalen Parkplatz zu finden. Auf halbem Weg schallte Kindergeschrei aus dem Gebäude einer Grundschule. Es war wahrscheinlich gerade Pause. Gegenüber, am Rande der Glastür eines der Gebäude, informierte das aufgrund mangelnder Pflege matt angelaufene Kupferschild des Notars potentielle Klienten darüber, dass sich die Kanzlei in der zweiten Etage befand. Gwenn entdeckte den entsprechenden Klingelknopf und drückte. Durch die Sprechanlage kam ein »Ja?«

»Gwenn Rosmadec, ich habe einen Termin bei *Maître* Lefort.«

»*Oui, très bien.*«

Ein leichtes Klicken setzte den Öffnungsmechanismus frei und bat den Schreiber in das dunkle Foyer aus Stein. Er stieg in den alten Aufzug gegenüber und erreichte wenige Augenblicke später den zweiten Stock. Es erwartete ihn ein Treppenabsatz, von wo aus neue Treppenstufen zu einer verzierten Holztüre führten mit dem gleichen Kupferschild, das auch unten angebracht war. Im selben Augenblick, als er sich näherte, öffnete sich die Türe lautlos und eine Frau mit grauem Haar ließ ihn in das Wartezimmer ein.

»Nehmen Sie Platz, Monsieur Rosmadec. Ich sage *Maître* Lefort Bescheid.«

Sie verschwand im Flur und Gwenn nahm auf einem alten Ledersessel Platz, der mit Sicherheit schon zahlreiche Hinterteile aller Größen, Formen und Generationen gesehen hatte, jedoch dem Büro noch immer gute Dienste leistete. Die grauhaarige Dame kehrte zurück und erklärte lächelnd:

»*Maître* Lefort erwartet Sie, Monsieur. Wenn Sie mir bitte folgen wollen...«

Sie trat wieder zurück in den Flur bis an das Ende des Korridors, gefolgt von Gwenn, klopfte an die hinterste Türe, öffnete sie, um den Besucher eintreten zu lassen, und zog sich auf Zehenspitzen wieder zurück. Gwenn trat ein.

Sein erster Blick fiel auf die bis zur Decke reichenden Regalreihen voller alter ledergebundener Bücher an allen Wänden des Arbeitszimmers. Durch eine schlichte rechteckige Öffnung fiel ein wenig Tageslicht. Eine Leselampe brannte offensichtlich permanent, um überhaupt etwas deutlich sehen zu können. In der Mitte des kleinen Zimmers stand ein Schreibtisch aus massivem Holz, von Akten und einer alten Schreibmaschine bedeckt. Dahinter saß ein kleiner, rundlicher Mann mit einer Glatze im dreiteiligen Anzug, der seine Kurzsichtigkeit hinter einer überdimensionierten Schildpattbrille zu verbergen suchte. Der Notar wies auf einen Sessel, identisch mit jenem aus dem Wartezimmer, und bat Gwenn Platz zu nehmen.

»*Bienvenue* Monsieur Rosmadec. Ich bin *Maître* Lefort.«

»*Bonjour Maître*. Sehr erfreut, Sie kennenzulernen. Sie wünschen also, dass ich die Geschichte Ihrer Familie recherchiere?«

»In der Tat, deswegen habe ich Sie kommen lassen. Wie gehen Sie für gewöhnlich vor?«

»In der Regel erzählt mir die Person, die mich beauftragt hat, zunächst ihre eigene Geschichte und stellt den Kontakt zu anderen Familienmitgliedern her. Ich setze mich dann mit ihnen in Verbindung, um weitere Details zu den Informationen zu bekommen. Gegebenenfalls stelle ich weitere Nachforschungen bei Ämtern und Archiven an. Danach erstelle ich einen Bericht, den der Auftraggeber erhält. Ihm ist es dann freigestellt, ihn unter Verschluss zu halten oder in Umlauf zu bringen.«

»Für was entscheiden sich Ihre Kunden für gewöhnlich?«

»Die meisten nehmen meine Dienste in Anspruch, um das Dokument eines Tages an ihre Kinder weitergeben zu können. Als eine Art geistiges Vermächtnis oder auch als andere Form einer Entschuldigung für Situationen in ihrem Leben, die sie zwar bereuen, durch die sie sich aber auch von einer Anschuldigung reinwaschen wollen. In den seltensten Fällen lassen die Leute es nur für sich selbst machen.«

»Ich verstehe. Sehen Sie, ich habe keine Kinder. Ich bin ledig und meine Familie besteht nur aus meiner alten *Maman*, die im Pflegeheim *Hortensias Bleus* wohnt. Trotzdem brauche ich diese Chronik, um meine Lebensgeschichte verstehen zu können. Und ich habe mir gedacht, dass Sie mir besser als jeder andere dabei helfen könnten.«

»Erzählen Sie, *Maître*.«

»Ich bin fünfzig Jahre alt. Ich habe nur für das Studium und die Kanzlei gelebt; hatte nie Augen für etwas anderes. Ein langweiliges Leben, nicht wahr? Jedenfalls würde ich gerne etwas mehr über das Leben meiner Mutter erfahren, als das wenige, das mir bekannt ist. Sie ist eine dickköpfige, alte Bretonin, eine *Bigoudène*, die es immer abgelehnt hat, etwas aus ihrer Vergangenheit preiszugeben. Und da habe ich gedacht, dass ein Profi wie sie vielleicht mehr Erfolg hat, wo ich mit meiner sozialen Kompetenz Schiffbruch erlitten habe.«

»Ihre Bitte ist nicht ungewöhnlich, *Maître*. Ich hatte schon mit ähnlichen Situationen zu tun.«

»Also, nehmen Sie den Auftrag an?«

»Selbstverständlich. Ich muss Sie aber warnen. Für das Resultat kann ich keine Garantie übernehmen. Alles wird davon abhängen, ob die Personen, die ich befrage, mir Gehör schenken und natürlich auch von Ihrer Mithilfe.«

»Ich stehe zu Ihren Diensten. Wann und wie fangen wir an?«

»Ich schlage vor, dass wir uns jeden dritten Tag treffen. Ich werde unsere Gespräche aufnehmen und analysieren, damit ich gezielt auf Ihre Interessengebiete eingehen kann. Anschließend werde ich Ihre Mutter und auch andere Zeitzeugen zu bestimmten Themen aufsuchen. Sie werden regelmäßig einen Zwischenbericht meiner Arbeit erhalten, den Sie in Frage stellen dürfen, wenn Sie denken, dass ich in die falsche Richtung ermittle. Im Grunde genommen bin ich das Ross und Sie sind der Reiter.«

Ein breites Lächeln erschien auf dem Gesicht des Notars. Er war sichtlich zufrieden. Er zog ein abgegriffenes Notizbuch aus seiner Jackentasche, blätterte kurz und sagte:

»Wenn Sie wünschen, können wir morgen um die gleiche Zeit anfangen.«

»Einverstanden, *Maître* Lefort.«

Gwenn erhob sich, gab ihm die Hand und ging. Die graue Dame verabschiedete ihn mit einem Kopfnicken. Er ging zügig zu seinem Auto und nahm die Straße nach *Sainte-Marine*.

Der Schreiber Gwenn Rosmadec fühlte sich nicht ganz wohl in seiner Haut. Er hatte eine Standesperson angelogen. Niemals zuvor hatte jemand bei ihm einen Bericht über sein Leben angefragt, der selbst so wenige Einzelheiten kannte. Irgendetwas an dem Auftrag des Notars war faul. Sollte seine Mutter wahrhaftig Dinge aus ihrer Vergangenheit vertuschen wollen, wäre es nicht schwer, sie mittels eines Detektivs oder Arztes herauszubekommen. Diese Personengruppe unterlag der Schweigepflicht und er liefe nicht Gefahr, dass irgendein sorgfältig unter Verschluss gehaltenes Geheimnis an die Öffentlichkeit gelangte. Aus welchem Grund hat er diese Aufgabe einem Biographen anvertraut? Vielleicht machte Gwenn sich einfach zu viele Gedanken, vielleicht war es die aufkommende Müdigkeit, die diesen wirren Eindruck erweckte.

Gwenn schüttelte die konfusen Gedanken ab und richtete seine Aufmerksamkeit auf die vorbeiziehende Landschaft. Rechts und links der Straße reckte der längst verblühte, goldene Ginster seine tiefgrünen Äste in den Himmel, um jeden noch so kleinen Sonnenstrahl vor der Ankunft des Herbstes einzufangen. Eine Kuhherde graste ruhig auf der Weide. Gwenn ließ sein Fenster herunter und atmete tief ein. Der zarte Duft von vertrockneten Wiesenblumen, Jod und rauer Natur ergab ein Bouquet von Gerüchen, das die Durchreisenden berauschte und die Einheimischen beruhigte. Nach und nach, mit den kleinen Dörfern, wo das Schwarz der Dächer sich vom Weiß der Mauern absetzte, kündigte sich menschliche Präsenz an. Gwenn verließ die Schnellstraße und nahm die Landstraße nach *Sainte-Marine*. Sein Kopf war wieder frei und er war bereit, seine neue Mission anzugehen.

3

»*Bonjour*, *Maître* Lefort. Ich habe meine Ausrüstung mitgebracht und wir werden folgendermaßen vorgehen: Ich werde die Tonaufnahme starten und lasse Sie erzählen. Wenn Sie anfangs noch zögern, werde ich Sie mit Fragen anleiten oder bitten, anders zu formulieren. Für mich ist es zunächst wichtig, dass ich den Inhalt Ihrer Geschichte verstehe, um die Begleitumstände einschätzen zu können und um Ihnen zu helfen, Licht ins Dunkel zu bringen. Oft tragen die Menschen die Antworten auf viele ihrer Fragen in sich. Es reicht manchmal schon, sie etwas zu lenken. Sind Sie einverstanden, wenn wir so verfahren?«

»Ja, natürlich, wir können anfangen.«

Maître Lefort war sichtlich gerührt. Er, der Zeit seines Lebens zurückgezogen lebte, sollte nun jemandem, der bis gestern ein vollkommen Unbekannter war, einen Teil seiner Seele offenbaren. Er verspürte eine seltsame Freude und Beklommenheit zugleich. Diese gegensätzlichen Gefühle ließen sich in Form von nervösen Ticks auf seinem Gesicht und an seinen Händen ablesen, je nach Gemütsregung. Er wagte nicht auf Anhieb zu beginnen. Er wartete auf eine Ermutigung von Gwenn, etwa wie ein Schauspieler, der in eine andere Rolle schlüpft, wenn er die Bühne betritt und seine eigene Persönlichkeit hinter den Kulissen zurücklässt.

Gwenn drückte die Aufnahmetaste seines kleinen Tonbandgerätes und begann:

»*Maître* Lefort, erzählen Sie mir von Ihrer Geburt. Wo sind Sie geboren? Wissen Sie Einzelheiten, die Ihnen in später einmal erzählt worden sind?«

Aufgrund der ruhigen und vertrauenserweckenden Stimme verschwand die diffuse Angst in seiner Brust und er begann mit seiner Erzählung.

»Ich bin an einem Novemberabend vor fünfzig Jahren in *Tréogat* geboren, einer kleinen Gemeinde in den *Pays Bigouden*. Ich weiß, dass meine Mutter bei der Entbindung alleine war. Mein Vater war Seemann auf der *La Royale* und kämpfte damals an irgendeiner Ostfront. Meine Mutter brachte mich in ihrem kleinen Haus zur Welt. Ich habe schöne Kindheitserinnerungen an diese Zeit, an das idyllische Traumbild eines einfachen Lebens auf dem Lande. Das Haus bestand aus nur einem Zimmer mit weißen Wänden. Im hinteren Teil gab es ein großes, von meinem Großvater geerbtes Kojenbett, in dem ich lange Zeit zusammen mit meiner Mutter geschlafen habe. Es roch nach Stroh und frisch gewaschenem Leinen. In der Mitte stand ein großer Tisch aus einfachem, unbearbeitetem Holz mit sechs runden Mulden, in die früher Suppe gefüllt wurde und die von einem Schreiner zugefüllt worden waren. An diesem Tisch habe ich gespielt, gearbeitet, das Leben gelernt. An der Wand war ein Kamin, vor dessen Feuer wir allabendlich mit unseren Nachbarn zusammenkamen, als ich noch sehr klein war. Viel später kam der Fernseher, die Nachbarn kamen dann nicht mehr. Das Leben hatte sich verändert. Draußen war ein großer, von einer Kiefernhecke umsäumter Hof aus festgetretener Erde, der mein Lieblingsspielplatz war. Ich entsinne mich noch an die armen Bäume. Von der salzigen Meeresluft ausgedörrt beugten sie ihre kahlen Rücken im Seewind. Diese Hecke schützte uns aber und schirmte uns von einem der anderen Nachbarhäuser ab.«

»Können Sie sich noch an diese Nachbarn erinnern?«

»Nein, nicht wirklich. Was das kleine Bauernhaus angeht, war es lange unbewohnt. Eine enge Freundin meiner Mutter hatte dort gelebt, die kurz vor meiner Geburt gestorben ist. Für meine Mutter war das eine Tragödie. Diese beiden Behausungen waren die einzigen am Rande des Dorfes, darum herum gab es nichts als Weide und Buchweizenfelder. Meine Mutter hat ihre Zeit hauptsächlich damit verbracht, mich großzuziehen und die Mittel aufzutreiben, um mein Studium zu finanzieren.«

»Von was hat sie gelebt?«

»Von dem Betrag, den mein Vater ihr schickte und diversen Arbeiten, die sie für die Bauern in der Gegend verrichtete. Außerdem hatten wir hinter dem Haus einen kleinen Obstgarten mit Apfelbäumen. Ich erinnere mich noch gut an die Besuche des Schnapsbrenners. Er kam im Oktober mit seinem tragbaren Destillierapparat. Meine Mutter und ich hatten zuvor schon alle Äpfel geerntet und er verwandelte sie in Branntwein.«

»Haben Sie Erinnerungen an Ihren Vater?«

»Von ihm weiß ich nur, was meine Mutter mir erzählt hat. Er ist in Saigon gestorben und sein Leichnam ist dort geblieben. Ich weiß, dass er viel gearbeitet hat, erst bei der *Marine Nationale*, dann in einem kleinen Kautschukunternehmen, das er selbst in Südostasien mit aufgebaut hat. Damals konnte man als umtriebiger Mensch schnell sein Glück machen, wenn man dazu hart gearbeitet hat. In meinen ersten Lebensjahren kamen die Zahlungsanweisungen regelmäßig, was uns einen gewissen Wohlstand sicherte. Meine Mutter legte geflissentlich die Hälfte davon auf die Seite, eine Familienangewohnheit, die sie von ihrem Vater eingeschärft bekam. Als ich dann mit dem Studium der Rechtswissenschaft anfing, hatten wir die Mittel, um die nötigen Ausgaben zu meistern.«

»Über Ihren Vater erzählten Sie...«

»Ich besitze einige Fotos von ihm. Er war eine große, stattliche Erscheinung, seines Zeichens Landwirt. Der Hof interessierte ihn allerdings kaum und eines Tages brach er auf nach *Brest* und heuerte bei der *La Royale* an.«

»Hat Ihre Mutter nicht versucht, das zu verhindern?«

»Wissen Sie, es war keine Liebesheirat. Mein Vater hatte die Kupplerin im Dorf aufgesucht, die die Bande zwischen den verschiedenen Sippen knüpfte und Hochzeiten unter den jungen Leuten arrangierte. Sie brachte die Jungen und Mädchen nach ihrer sozialen Schicht, der Wichtigkeit ihrer Familie im Dorf, der Größe der Bauernhöfe der Eltern zusammen, kurzum: Sie bildete die sozialen Strukturen des Dorfes ab. Als mein Vater im heiratsfähigen Alter war, hat er sie um Rat gefragt und sie hat alles zwischen den beiden

Familien organisiert.«

»Wusste ihre Mutter, dass er gehen würde?«

»Nein, nicht im Geringsten. Seine Bestimmung war, den elterlichen Hof zu übernehmen, wie schon Generationen vor ihm. Tatsache ist, dass er seiner Frau bereits drei Monate nach der Heirat eröffnete, dass er diesen Beruf nicht ausüben werde. Er wolle die Welt sehen.«

»Sie hat sich der Sache nicht widersetzt?«

»Wie ich Ihnen schon sagte, es war keine Liebesheirat. Von dem Zeitpunkt an, als er sich verpflichtete, für ihren Lebensunterhalt und den etwaiger Abkömmlinge zu sorgen, hatte sie keine Einwände mehr, dass er davonsegelte. Im Übrigen kamen viele Mitglieder meiner Familie aus dem Umfeld der Fischerei, sodass es nicht unüblich war, einen Mann auf See zu haben. Das war in der Gegend eine weit verbreitete Tradition. Schauen Sie mal…«

Aus einer Schublade seines Schreibtisches kramte der Notar eine Keksdose aus Metall hervor und zog ein vergilbtes Foto heraus. Darauf war ein Soldat mit einem Safarihut und einem Hemd mit kurzen Ärmeln zu sehen. Ein Maschinengewehr hing an seiner Schulter. Er lächelte nicht. Sein Blick schien sich nicht für die Kamera zu interessieren, gefangen in seiner eigenen Welt, gleichsam aus der Zeit gefallen.

Maître Lefort holte dazu noch ein dünnes Luftpostbriefpapier heraus. Eine feine, sehr enge Schrift lief entlang der vorgedruckten Linien. Der Soldat Fanch Lefort erzählte von seinem Zwischenstopp in Djibouti. Der Umschlag trug Briefmarke und Stempel des Afar- und Issa-Territoriums, der damaligen französischen Kolonie.

»Er hatte wirklich eine sehr feingliedrige Schrift.«

»Sehr zum Missfallen meiner Mutter, die fast blind war wie ein Maulwurf und große Mühe hatte, seine Hieroglyphen zu entziffern.«

»Mit welchen Worten sprach Ihre Mutter von Ihrem Vater?«

»Sie empfand eine gewisse Zuneigung ihm gegenüber. Vielleicht auch etwas Stolz. Sie war der Meinung, dass er dazu fähig war, aus seinem Stand aufzusteigen. Als ich 16 wurde, gab sie eine Jacke in Auftrag, deren Stickereien sie von den besten Stickern der Region anfertigen ließ; sie ließ Kreise, die Äpfel symbolisierten, und Wellen darauf anbringen, in Erinnerung an meinen Vater. Die Leute aus *Tréogat* taten so, als hätten sie es nicht bemerkt, aber jeder hatte wohl verstanden, dass der kleine Lefort die gesellschaftliche Schicht gewechselt hatte.«

»Sind Ihnen die Umstände des Todes Ihres Vaters bekannt?«

»Nein, nicht wirklich. Sechs Monate nach seinem Ableben erhielten wir ein Schreiben des Militärkrankenhauses, das uns darüber informierte, dass er einem heimtückischen Fieber erlegen war. In Wahrheit hatten die Ärzte keine Ahnung, an was er wirklich gestorben war. Sein Leichnam wurde auf dem Ausländerfriedhof beigesetzt, und wir erhielten eine stattliche Summe aus dem Verkauf seiner Kautschukfirma.«

»Wissen Sie mehr über seine Karriere beim Militär?«

»Ich habe nie versucht, mehr darüber zu erfahren. Ich habe ihn nie kennengelernt und die Erzählungen meiner Mutter haben mir ausgereicht. Aber Sie stellen diese Frage zu Recht. Vielleicht ist es möglich in *Brest*, über das Archiv der *Marine Nationale,* eine Spur zu seiner Zeit auf der *La Royale* zu finden.«

»Ich werde mich noch mit diesem Punkt befassen, wenn Sie einverstanden sind.«

»Absolut. Ich werde Ihnen ein Schreiben an die Seebehörde aufsetzen, um Ihre Nachforschungen zu erleichtern.«

»Ich möchte auch Ihre Mutter kennenlernen.«

»Sie lebt im Pflegeheim *Les Hortensias Bleus* in *Quimper*. Die Einrichtung wird von einem alten Freund der Familie geführt, der Wert darauf legte, meine Mutter dort aufzunehmen und mir eine hohe Qualität bei den Dienstleistungen und einwandfreie Pflege zusicherte. Ich werde ihn von Ihrem Besuch in Kenntnis setzen. Ich muss Sie aber warnen; meine Mutter ist an Alzheimer erkrankt. Es kommt vor, dass sie mich nicht erkennt, wenn ich sie besuche. Es könnte also schwierig werden, Informationen von ihr zu erlangen.

»Wissen sie, *Maître*, es ist gut, jede Spur zu verfolgen. Im Übrigen, wie ich Ihnen bereits sagte, werden Sie selbst mir ihre Aussage bestätigen müssen.«

»Gut, Monsieur Rosmadec. Ich bereite die Unterlagen vor und lasse Sie Ihnen per Post zukommen.«

»Danke, *Maître*, auf Bald und ich hoffe dann Neuigkeiten für Sie zu haben.«

Gwenn kehrte zu seinem Auto zurück, fuhr aber nicht direkt nach Hause, sondern entschied sich für die Route nach *Tréogat*. Der Bauernhof von *Maître* Lefort barg vielleicht Interessantes und Gwenn mochte seine Angaben überprüfen. Sein Reporterinstinkt hatte ihn gelehrt, ganz genau zu hinterfragen, was man ihm erzählt hatte. Leichten Herzens schlug er den Weg Richtung der *Pays Bigouden* ein.

4

Tréogat war ein Dreihundert-Seelen-Dorf, eingebettet in ein tiefes Tal, das stolz darauf war, jeden Sommer beim traditionellen Dorffest an die tausend Wildschweinportionen servieren zu können, bis die Touristen den Ort wieder verließen und die ländliche Ruhe zurückkehrte.

Die Hauptstraße durchquerte das Bauerndorf, ehe sie ihren grauen Asphaltteppich Richtung *Audierne* ausrollte. Eine Abkürzung führte nach Westen, vorbei an einigen deutschen Blockhäusern, scheußlichen, von Pflanzen überwucherten Kästen aus Beton, dann wand sie sich in Schlangenlinien vorbei an Wiesen und Wäldern. Ein paar typisch bretonische *Longère*-Häuser aus Stein und ein Bistro verloren sich entlang der Straße, ehe sie sich am Ende in einen holprigen Weg aus Lehm verwandelte und am Bauernhof von Marie Cloarec endete.

Gwenn hielt den Wagen ein paar hundert Meter vor

dem alten Gebäude an, um sich mit dem alten Gemäuer vertraut zu machen.

Man fühlte sich in ein Gemälde von Gauguin hineinversetzt, zu jener Zeit, als er in *Pont-Aven* gewirkt hatte. Noch etwas weißlich trotz seines Alters schien sich das Haus hinter einer Hecke von verkümmerten Pinien zu verstecken. Das Dach war strohgedeckt und hatte an zahlreichen Stellen Löcher, in denen fliegende Schwalben lautstark Verstecken spielten. Unkraut hatte vom Hof Besitz ergriffen, wo man noch die Spur eines alten Zugangsweges erkennen konnte. Hinter dem Haus lag verlassen der Obstgarten mit verkümmerten Apfelbäumen, die trotz allem nicht aufgehört hatten, grüne und rote Äpfel zu tragen, auch wenn viele verfault und verstreut auf der Erde lagen.

Gwenn näherte sich leise, als wollte er die schlafende Landschaft nicht wecken, fühlte sich wie ein Eindringling an diesem geheimnisumwitterten Ort. Irgendetwas tief in seinem Inneren riet ihm, er solle anhalten, kehrtmachen und die Sache vergessen.

Sein journalistischer Instinkt siegte über das merkwürdige Gefühl, und er setzte seinen Weg fort. Die Fensterscheiben waren zerbrochen und sahen aus wie Mäuler mit scharfen, unregelmäßigen Zähnen. Die Türe hing wie durch ein Wunder noch an einer einzigen Angel und quietschte ihr Leid im Takt mit den Windstößen, die vom Meer herüberkamen. Gwenn atmete den salzigen Duft durch die Mundwinkel. Mit der Fußspitze trat er gegen die Türe. Überrascht und zweifellos erschöpft von ihrem langen Kampf gegen die Elemente stürzte die Türe mit einem Krachen ein und eine Staubwolke stieg empor. Die im Haus versteckten Schwalben flohen unter lautem Kreischen durch die Löcher im Strohdach. Gwenn wartete, bis der Staub niedergerieselt war, schaltete seine Taschenlampe an und trat ein.

Er erwartete eine Bestätigung der Beschreibung von *Maître* Lefort. Aber zu seinem Bedauern stellte er fest, dass das Haus leer war: keine Möbel, kein landwirtschaftliches Gerät, nichts was ein früheres Leben in diesen vier Wänden am Rande der Welt hätte bezeugen können. Er leuchtete das Zimmer mit seiner Taschenlampe aus, erzeugte jedoch nur Panik bei einer Mäusefamilie, die dort ihr Quartier bezogen hatte. Er blickte hinauf zum Strohdach und schaltete die Lampe aus. Hier gab es nichts zu erforschen. Der Hof war lange verlassen, alle Spuren menschlichen Lebens waren ausgelöscht.

Gwenn kehrte gerade zu seinem Auto zurück, als eine barsche Stimme ihn anblaffte: »Was machen Sie da?« .

Im Eingang stand ein großer, mit einem Jagdgewehr bewaffneter Kerl und starrte ihn mit festem Blick an.

»*Bonjour* Monsieur, bin ich hier richtig auf dem Hof von *Maître* Lefort?«

»*Maître* Lefort? Und was wollen Sie von *Maître* Lefort«

Der Mann sprach mit stark bretonischem Akzent. Das Französische spielte im Alltag bei ihm wohl keine große Rolle. Gwenn überlistete ihn:

»Ich bin ein Großneffe von Marie Cloarec. Mein Onkel, *Maître* Lefort, hat mir von seiner Kindheit in diesem Haus erzählt und ich hatte Lust, es mir anzusehen.«

Der erregte Blick hellte sich auf und mit heiterem Tonfall fuhr er fort:

»Ach! Sie sind ein Großneffe von Marie? Natürlich dürfen Sie das Haus sehen. Aber hier lebt niemand mehr.«

»Und wer sind Sie, Monsieur?«

»Ich bin ein Nachbar von Marie.«

»Erfreut Sie kennenzulernen. Können Sie mir vielleicht etwas über sie erzählen?«

Der Tonfall des Nachbarn hatte sich verändert. Eine Art von Komplizenschaft bahnte sich zwischen den Gesprächspartnern an und mit heiterer Stimme fuhr der Nachbar fort:

»Natürlich, mein Junge. Aber wenn wir erst zu mir gehen und ein Glas *Lambig* trinken, macht es die Sache auch nicht schlechter, nicht wahr?«

Der Mann senkte sein Gewehr und drehte sich auf dem Absatz um. Gwenn folgte ihm und warf einen letzten Blick auf das ärmliche Haus. Auf einer der zerbrochenen Fensterscheiben reflektierte ein Sonnenstrahl und er musste blinzeln, als wolle die alte Behausung sich von seinem letzten Besucher verabschieden.

Der Nachbar nahm den lehmigen Weg, der aus dem Hof heraus führte. Gwenn nahm sich Zeit, ihn zu beobachten: auf dem Kopf trug er eine Baskenmütze und mit seiner ausgebleichten, roten Matrosenbluse und den Holzpantoffeln erinnerte er an einen Sardinenfischer, wie sie auf Fotos aus alten Zeiten zu sehen sind. Ein struppiger Schnurrbart durchstrich sein vom rauen Klima gegerbtes Gesicht. Der Arm mit dem Gewehr schwang hin und her, während er an einer

Hecke entlang ging, die sich bald hin zu einem Haus aus Granit mit blauen Fensterläden öffnete.

Ein Jagdhund, ein bretonischer Spaniel, sprang vor Freude auf, als er seinen Besitzer kommen sah, der ihm das Maul streichelte.

»Ganz ruhig, Heolig, ganz ruhig mein Schöner...«

Heolig... kleine Sonne auf bretonisch, dachte Gwenn.

Dann stieß er die schwere Holztüre auf, trat in seine Behausung ein und lud seinen Besucher ein, es ihm gleichzutun.

»Setzen Sie sich doch«, sagte er und zeigte auf einen etwas wackligen Stuhl. »Ich hole die Gläser.«

Er drehte sich um und ging in den hinteren Teil des Raumes, wo an der Wand eine wuchtige Spüle stand, durchsuchte den Berg schmutzigen Geschirrs, der sich dort angesammelt hatte, zog zwei ungleiche Gläser heraus, die er schnell unter fließendem Wasser abspülte und stellte sie auf den Tisch. Anschließend öffnete er eine alte Anrichte aus Kastanienholz und holte eine Glaskaraffe hervor, in der sich eine goldene Flüssigkeit befand. Er goss etwas davon in beide Gläser und sagte:

»Probieren Sie, Sie werden sehen, es ist was Gutes!«

Und ohne abzuwarten leerte der Alte sein Glas in einem Zug, stellte es zurück, wischte mit dem Ärmel über seinen Schnurrbart und bestätigte:

»Es ist wirklich was Gutes!«

Gwenn nahm einen kräftigen Schluck von der alkoholischen Flüssigkeit.

Sie war stark und bitter, wie die Erde in den *Pays Bigouden*. Sie rann die Kehle hinab wie ein brennend heißer Lavastrom, bevor er im Magen verlosch.

Er nahm den Gesprächsfaden wieder auf:

»Nun, Sie haben Marie Cloarec also gut gekannt?«

»*Ya, Matre*! Sie war eine Schulkameradin. Wir haben zusammen Französisch gelernt. Dieses Biest hat es immer hinbekommen, dem Lehrer zu erzählen, dass ich in den Pausen bretonisch sprach, was mir regelmäßig Ärger einbrachte.«

»War sie eine gute Schülerin?«

»Schlau genug, um von den Jungen alles zu bekommen, was sie wollte.«

»Was wollen Sie damit sagen?«

»Nun ja, sie war nicht sehr leistungswillig, was das Lernen anging, aber sie war stur wie ein Esel. Wenn sie sich für etwas entschieden hatte, war es schwierig, ihre Meinung zu ändern.«

»Können Sie mir ein Beispiel nennen?«

»Nun gut, ich erinnere mich, wie sie einmal zu mir gesagt hat ‚Ich werde niemals einen Landwirt heiraten« . Und sie hat Wort gehalten.«

Gwenn spielte den Ahnungslosen:

»Wie das?«

»Sie wollte nicht auf dem Bauernhof bleiben. Aber einen Mann aus der Stadt zu finden, war nicht so einfach, wenn man in *Tréogat* geboren ist. Eines Tages ging sie zum *Tréminou,* dem großen Jahrmarkt in *Pont-l'Abbé.* Als sie zurückkam, wusste ich, dass sie gefunden hatte, wonach sie gesucht hatte. Und in der Tat heiratete sie sechs Monate später Fanch Lefort, einen Matrosen der *La Royale.*

»Den Vater von *Maître* Lefort?«

»Offiziell ja. Man hatte damals seine Zweifel. Wissen Sie, mit den ganzen Matrosen, die unsere Mädchen geheiratet haben und dann weggesegelt sind auf lange Reisen ans Ende der Welt, war es nicht verwunderlich, dass es hier viele Frühgeburten gab. Und der Fanch ist sehr schnell auf und davon mit seinem Schiff nach Südostasien. Er hat den Kleinen nie gesehen. Und er ist dort im Dschungel gestorben.«

»Wie hat Marie die Nachricht aufgenommen?«

»Sie hat ein Schreiben von der Admiralität bekommen. Am Anfang schien sie ein wenig traurig, aber dann, ich weiß nicht warum, hat sie sich verändert und den Bauernhof verlassen.«

»Hat sie ihn verkauft?«

»Nein, sie hat ihn einfach verlassen und ist nach *Quimper* gezogen. Dort hat sie als Putzfrau gearbeitet, um den Kleinen großzuziehen. Ich habe sie seither nie wieder gesehen.«

»Hatte sie noch andere Freunde hier in *Tréogat*?«

Ein Schatten huschte über den Blick des Alten. Er hielt einen Moment inne und fuhr dann fort:

»Ihre beste Freundin war meine Schwester Anne.«

»Könnte ich sie sprechen?«

»Sie ist tot.«

»Es tut mir leid...«

»Nein, das ist Vergangenheit; schon lange her. Trotzdem...«

Als versuchte er in alten Erinnerungen zu kramen oder Dämonen daraus zu verscheuchen, legte er die Stirn in Falten und fing wieder an zu sprechen:

»Anne war zur gleichen Zeit schwanger wie Marie. Aber sie hatte keinen Vater für das Kind, das sich ankündigte. Zur damaligen Zeit war das hart für ein

Bauernmädchen. Marie stand ihr bei, in dieser schweren Zeit. Noch dazu verlief die Schwangerschaft schlecht. Eines Abends ist Marie mit Anne auf dem Traktor nach *Plonéour Lanvern* zu einem Wunderheiler gefahren, der versuchte, die Schmerzen zu lindern. Als sie zurückkamen, hatte Marie ihren Sohn dabei, den kleinen Lefort, und Anne, die Leidgeprüfte, war verstorben. Der Kurpfuscher konnte nichts mehr für sie tun.«

Der alte Mann goss sich sein Glas randvoll mit *Lambig* und stürzte es in einem Zug hinunter.

»Seltsam, *Maître* Lefort behauptet, er sei in *Tréogat* geboren?«

»Das hat Marie dem Rathaus gesagt. Überlegen Sie mal! Damals hat man solche Angaben nicht überprüft. Und schließlich ging man nicht das Risiko ein, die Aktivitäten eines Wunderheilers in Gefahr zu bringen.«

»Warum?«

»Ein Heilkundiger ist so etwas wie ein Hexenmeister, er hätte uns mit einem Fluch belegen können.«

»Was ist aus ihm geworden?«

»Ich habe verdammt noch mal keine Ahnung.«

»Und Fanch, hatte er Freunde hier?«

»Nein, er war nicht von hier. Ich glaube er stammte ursprünglich von der Île *de Sein.* Ja, doch, er kam von dort.«

»Wissen Sie, ob er irgendwelche anderen Leute erwähnt hat?«

»Nein er war eher wortkarg, der Fanch. Aber jetzt, wo Sie davon sprechen, er erzählte oft von einem Bistro auf der Insel, wo er Stammgast war: *Goéland Boiteux.* Schauen Sie dort mal vorbei, vielleicht erfahren Sie

Neuigkeiten.«

Gwenn erhob sich, bedankte sich bei dem Alten und lobte seinen *Lambig*:

»Der ist wirklich was Gutes!«

Er ging zu seinem Auto und fuhr nach *Sainte-Marine* zurück.

5

»Ach so? *Monsieur* fährt zur Île *de Sein* wegen geschäftlicher Angelegenheiten und ich darf hier bleiben? Kommt nicht in Frage. Erstens habe ich noch nie einen Fuß auf die Île *de Sein* gesetzt und zweitens sehe ich nicht ein, warum *Monsieur* es alleine genießen soll unter dem Vorwand es sei geschäftlich.«

»Ich mache eine Befragung, Soazic, treffe Leute, die für Dich völlig uninteressant sind.«

»Aber Du kannst Deine Ermittlungen ja machen, ich werde derweil am Fuße des Denkmals für die Widerstandskämpfer ein Sonnenbad nehmen.«

»Wie Du willst.«

Gwenn wusste nur zu gut, wenn seine Frau sich etwas in den Kopf gesetzt hatte, war es schwierig, sie davon abzubringen. Hinzu kam, dass er insgeheim nicht unglücklich war, sie an seiner Seite zu wissen. Diese Frau strahlte eine Kraft und Ruhe aus, die ihn Berge versetzen ließen, und ihre Intuition hatte ihn so manches Mal auf die richtige Fährte gelenkt, wovon er anfangs nicht mal zu träumen gewagt hatte.

Bei strahlendem Sonnenschein näherte sich das Paar dem Schnellboot im Hafen von *Saint Evette* an der Mündung des *Goyen*, dem Küstenfluss in *Audierne.*

Viele Touristen drängten sich schon auf dem Kai und warteten auf grünes Licht. Die Matrosen waren dabei, den Bauch des Schiffes mit Paletten, die für die heimische Bevölkerung bestimmt waren, zu beladen. Bald schon hängte einer der Seeleute das Tau ab, welches den Zugang zur Brücke versperrte, und die Passagiere stiegen ein.

Die Mehrzahl stieg hinauf auf das Oberdeck, wo auch Gwenn und Soazic einen Sitzplatz auf der Steuerbordseite fanden.

»Genau hier muss man sitzen, hier ist der beste Platz, um das felsige Kap *Raz du Sein* zu genießen«, sagte sie. Wie gewöhnlich hatte sie den Ausflug minutiös geplant und Gwenn beugte sich gnädig ihren Vorschlägen.

Der Kapitän ließ die gewaltigen Dieselmotoren an, setzte zurück, um den Kai zu verlassen und nahm Kurs auf die hohe See. Schon bald fuhr man an der Küste entlang. Die zahlreichen, dicht gedrängten Häuser, die die Küste säumten, wurden rasch kleiner und sahen aus wie verstreute Punkte auf einer lilafarbenen Decke aus Heidekraut. Trotz ihrer enormen Anpassungsfähigkeit an diese schwierige Umgebung mussten die kleinen Blumen ihren Platz auf den nackten Felsen der Steilküste räumen, die auf einen Saum aus weißer Gischt in den Atlantik fielen. Weit, sehr weit weg signalisierten die Masten irgendwelcher Windkrafträder Präsenz, indem sie den umliegenden Dörfern mit ihren riesigen Rotorblättern stoßweise wertvolle Energie lieferten, als warteten sie auf einen imaginären Don Quichotte.

Einige Passagiere standen auf, holten ihre Kameras und Fotoapparate heraus und begannen die Landschaft regelrecht unter Beschuss zu nehmen, während eine von den Motorengeräuschen gedämpfte Stimme per Lautsprecher die Ankunft des *Raz du Sein* ankündigte.

Bald drängten sich alle mit wehenden Haaren und begeisterten Blicken in Richtung Steuerbord. Das Meer, anfangs glatt wie Öl, hatte sich in einen Hexenkessel aus riesigen Wellen, die direkt aus der Hölle emporzukriechen schienen, verwandelt; Felsen, wie schauerliche Zahnstümpfe aus Granit, zeichneten eine gestrichelte Linie von der Küste bis zu den beiden hoch aufgerichteten Türmen: dem Leuchtturm *la Vieille* und der Bake *la Plate*. Wie ein Drachenmaul spuckten die Steine Schaum und schleuderten salzige Gischt empor. Teilnahmslos gegenüber den Naturgewalten wurden drei kleine Fischerboote wie Garnelen im Maul eines Haifischs hin und her geworfen, während sie den Wolfsbarschen, dem königlichen Fisch in der *Passage de Sein,* hinterher jagten.

Kein Wort, kein Laut unter den Passagieren: ein jeder hielt den Atem an, um dieses Schauspiel an Kraft, Naturgewalt und Größe, das aus dem Meereskessel heraufstieg, zu erleben. Dann nahm die Spannung ab, Ruhe kehrte ein, Gespräche wurden wieder aufgenommen und das Schiff drehte dem Drachen den Rücken zu und steuerte auf sein endgültiges Ziel zu.

»Übrigens, gestern kam ein Anruf für Dich«, sagte Soazic.

»Ja?«

»Irgendein Mann, der ein Altersheim namens *Les*

Hortensias Bleus leitet. Kennst Du ihn?«

»Ich muss mit ihm Kontakt aufnehmen. Wahrscheinlich geht es um ein Treffen mit Madame Cloarec.«

»Genau, er hat mich gebeten Dir auszurichten, dass die Dame derzeit nicht in bester Verfassung ist und er es begrüßen würde, wenn Du das Treffen noch etwas aufschieben könntest. Er steht Dir aber für Fragen zur Verfügung und sagte, Du könntest jederzeit ohne Termin vorbeikommen.«

»Das ist sehr freundlich von ihm. Allerdings weiß ich nicht wirklich, was er mir mitzuteilen hätte. Nun ja, ich werde sehen. Schau, gleich kommen wir an.«

Das große Schnellboot bahnte sich seinen Weg hindurch zwischen den grünen und roten Bojen zur Einfahrt in die Fahrrinne Richtung Hafen, drosselte seine Geschwindigkeit und glitt auf seiner Fahrt vorbei an den gleichgültigen Blicken einer Schar schwarzer Kormorane, bevor es endgültig anlegte.

Am Kai besserten Matrosen Netze aus und flickten beschädigte Taue von der letzten Ausfahrt. Der Strom der Fahrgäste ergoss sich über die Hafenmole, bevor sie in alle Richtungen auf den Wegen der Insel auseinander strömten.

Das Dorf mit den adretten Häuschen markierte das Zentrum. Im Angesicht des schneidenden Windes drängten sich die Behausungen dicht an dicht und ließen kaum Platz für eine Gasse, großzügig »Straße« genannt. Die neue Mode in Bezug auf Farben hatte die alten Mauern aufgefrischt, die sich nun in gelb, grün, blau oder ockerfarben präsentierten wie ein Strauß

Feldblumen auf einem Ikebanagesteck. Eingefasst von einem langen Mäuerchen aus Stein zeigte die Insel ein munteres Schlechtwetter-Gesicht, wegen der Julisonne erstrahlte sie aber wie ein Juwel in der Schatulle des Ozeans.

»Ich überlasse Dich nun Deinen Nachforschungen. Ich nehme die Route bei den Leuchttürmen; das ist dort drüben, wo die Felsen am schönsten sind, und ich habe vor, braungebrannt wie eine ägyptische Göttin zurückzukehren.«

»Wie es Dir beliebt. Ich vermute, Du wirst Dich in Deinen Schmöker über Hypnose vertiefen und zehn Kapitel lesen?«

»Kulturbanause! Es handelt sich um die wissenschaftliche Abhandlung eines kanadischen Zahnarztes, der sie einsetzt, um eine Anästhesie seiner Patienten zu vermeiden.«

Gwenn hob resignierend die Schultern. Hypnose war das jüngste Steckenpferd seiner Frau, und seit sie daran Gefallen gefunden hatte, war es nicht zuletzt auch sein Problem. Er antwortete schlicht:

»Ok, wir treffen uns zum Abendessen wieder. Pass auf unser Picknick auf.«

Soazic umarmte ihren Mann liebevoll, verabschiedete sich lächelnd und machte sich auf den Weg. Gwenn ging ins Dorf, die verschlafenen Gassen entlang, vorbei an der alten romanischen Kirche, die eingerahmt war von zwei riesigen, grauen Findlingen und stieß schlussendlich auf das, wonach er gesucht hatte: Das Bistro *Le Goéland Boiteux*, am Ende der Bebauung, bot seinen Gästen die Tagespresse, Erfrischungen, Souvenirs und Postkarten. Weiße Plastiktische luden zu einer Rast unter der kühlen Gartenlaube ein. Die weit geöffnete Türe gewährte einen Blick in das dunkle, höhlenartige Innere und verriet Gwenn, dass geöffnet war. Er hielt kurz inne und trat ein.

Es brauchte einige Sekunden bis sich seine Augen an die Dunkelheit gewöhnt hatten, sehr schnell jedoch machte sein versierter journalistischer Blick die Runde: links vom Eingang ein Resopaltisch, auf dem sich die Tageszeitungen stapelten, einige Möbel aus Holz, wahllos verstreut und eine riesige Theke, die den Raum in zwei Hälften teilte. Von deren Baldachin baumelten Bierkrüge. Hinter der Bar saß eine Matrone, blätterte in einer Zeitschrift und zog an einer selbst gedrehten Kippe. Ihre Augenlider waren von den zerstörerischen Spuren des Tabaks zerfurcht, was sie mit einem blauen Lidstrich zu kaschieren versuchte. Über ihrem Kopf hingen ein Fischernetz und ein vertrocknetes Haifischgebiss von der Decke. In einer dunklen Ecke des Raumes lehnte ein Gast hinter einem Tisch an der Wand und schlürfte mit gesenktem Kopf ein Bier. Gwenn trat näher:

»*Bonjour*, dürfte ich einen Kaffee bekommen, *s'il vous plaît*?«

Die Wirtin legte ihre Zeitschrift zur Seite, musterte den Neuankömmling einen Augenblick, glitt – zweifellos zufrieden mit ihrer Beschau – von dem Barhocker, auf dem sie ihr ausladendes Hinterteil geparkt hatte, schnippte die Kippe aus der geöffneten Türe und wandte sich der Espressomaschine zu. Gwenn versuchte eine Unterhaltung in Gang zu bringen.

»Nicht viel Betrieb?«

»Nein, die Touristen sind um diese Zeit am Strand oder machen einen Ausflug; sie kommen zum Apéritif. Da leert es sich dann nicht vor halb drei, danach wird es ruhiger.«

»Sie kennen ihre Gewohnheiten sehr gut. Und im Winter, ist es da gleich?«

Die Inhaberin blickte argwöhnisch.

»Betreiben Sie Nachforschungen auf der Île *de Sein*?«

Gwenn entgegnete listig:

»Ja, tatsächlich, ich arbeite für ein Fernsehteam; wir sind gerade dabei, eine Reportage über die Bevölkerung der Insel vorzubereiten, über diejenigen, die weggegangen sind, die hier leben und diejenigen, die einen atypischen Lebenslauf haben. Man hat mir gesagt, sie seien die kundigste Person, bei der ich mit meiner Recherche beginnen solle.«

Vertrauen gefasst, rang sich die alte Frau ein Lächeln ab. Das Zauberwort Fernsehen wirkte in nahezu allen Fällen. Die Wirtin sah sich schon im Rampenlicht auf dem Bildschirm der Inhaberin des Lebensmittelgeschäfts, ihrer Erzfeindin, erscheinen.

»Das trifft zu, ich bin bestens informiert, was hier passiert; ich lebe schon immer auf der Insel; mein Vater hat Seetang geerntet, mein verstorbener Mann hat Hummer gefangen. An einem stürmischen Tag kehrte er nicht zurück und dann habe ich das *Goéland Boiteux* eröffnet. Die ganze Inselbevölkerung kommt zu verschiedenen Gelegenheiten bei mir vorbei und zwangsläufig bin ich in viele Dinge eingeweiht.«

»Sehr interessant, was Sie mir da erzählen. Erlauben Sie, dass ich mir Notizen mache? Es sind also Sie, die das Bistro von Anfang an betreiben?«

»Ja, so ist es. *Goéland Boiteux* war der Name des Schiffs meines Mannes. Als er verschwand, haben mich die Versicherungen gut abgefunden, und ich habe mein Elternhaus in das Café verwandelt. Alle Fischer kannten mich und kamen, um mich zu unterstützen; dann kamen irgendwann im Sommer auch die Touristen, was mir letztendlich erlaubte, hier weiter zu leben. Aber, sagen Sie, was möchten Sie von mir wissen?«

»Wir arbeiten zu mehreren an verschiedenen Persönlichkeiten der Insel. Wenn ich 'Persönlichkeit' sage, meine ich damit jemanden, der ein interessantes, andersartiges Leben geführt hat, das gewisse Etwas! Und meine Figur ist Fanch Lefort. Sagt Ihnen der Name etwas?«

Die alte Dame legte ihre Stirn in Falten, Zeichen intensiven Nachdenkens.

»Fanch Lefort, Fanch Lefort, warten Sie, ich erinnere mich.«

»Er war auf der *La Royale*, er starb in Südostasien.«

»Ah, ja natürlich, Fanch, der Stumme.«

»Er war stumm?«

»Nein, aber ihm ein Wort zu entlocken, war schwer. Er lebte auf einem kleinen Hof am Ende der Insel. Seine Eltern waren mit meinen Eltern befreundet, man sah sich oft. Unglücklicherweise wurden sie eines Tages enteignet, um einen Telegrafenmast aufzustellen. Der Staat hat sie auf dem Festland anderweitig untergebracht, wo sie regelrecht dahinsiechten und starben. Das war zu der Zeit, als Fanch die Insel für immer verließ.«

»Kehrte er nie zurück?«

»Nein, niemals. Aber man erzählte sich landläufig, er habe geheiratet und dann auf der *La Royale* angeheuert. Einige haben anschließend erzählt, er sei mit einem Kautschukunternehmen reich geworden, glaube ich...«

»Ihr Gedächtnis ist außergewöhnlich.«

»Eigentlich ist Fanch so etwas wie eine Legende auf der Insel. Jeder kennt diese Geschichte.«

»Und, ist sie wahr? Hat er wirklich sein Glück gemacht?«

»Nun, das ist ein Rätsel! Von den Leuten vom Festland weiß man, dass Marie Cloarec, seine Frau, regelmäßig Geldüberweisungen erhalten hat, weshalb sie sich nicht allzu sehr um den Hof gekümmert hat, aber offensichtlich sehr gut leben konnte. Eines Tages hörte man keine Neuigkeiten mehr. Marie war mit dem Kleinen nach *Quimper* gezogen, ohne eine Adresse zu hinterlassen. Seither bleibt uns nur die Geschichte von Fanch, dem Stummen, der sein Glück in Asien gemacht hat.«

»Sie sind bemerkenswert. In Paris hatten sie guten Grund, mir Ihre Adresse zu nennen. Haben Sie eventuell noch andere Erinnerungen an Fanch?«

»Ich? Nein. Ich war zu jung, als er die Insel verließ. Aber Sie können vielleicht *Père* Goffic fragen.«

»Und das ist wer?«

»Ein Landstreicher, lebt von diesem und jenem; hat sich in der alten, verlassenen Kapelle am Ende des Moores eingenistet. Er haust dort allein mit seinem Hund. Abends kommt er an die Küste und spielt Dudelsack. Er spielt falsch, sagt aber, es sei, um die *Korrigans,* diese bretonischen Spukgeister, zu vertreiben.

Sie werden sehen, er ist ein bisschen verrückt. Aber er hat Fanch gut gekannt. Also, treffen Sie sich mit ihm.«

»Wie finde ich ihn?«

»Ganz einfach: Folgen Sie dem Weg Richtung Leuchtturm; irgendwann sehen Sie eine leer stehende Kapelle aus Stein am Straßenrand. Da lebt er.«

»*Chère* Madame, Sie haben mir sehr geholfen. Unsere Reportage nimmt Gestalt an.«

»Ich bitte Sie.«

Der Gast in der dunklen Ecke des Raumes, der während der gesamten Unterredung nicht in Erscheinung getreten war, erhob sich, warf einen Schein auf den Tisch und ging hinaus. Die alte Dame konnte sich nicht verkneifen zu rufen:

»So sind die Touristen: reinkommen, trinken, wieder gehen, ohne ein Wort. Als wären wir auf der Insel durchsichtig!«

Sie steuerte auf den Tisch zu, den der Unbekannte verlassen hatte, sammelte den Geldschein und den leeren Bierkrug ein und kehrte hinter die Bar zurück.

»Woher wissen Sie, dass er ein Tourist ist?«

»Ich kenne alles und jeden hier. Und ich kann ihnen versichern, dass der da noch nie vorher auf der Insel war.«

Gwenn zuckte mit den Schultern und erwiderte in anerkennendem Ton:

»Nochmals vielen Dank für Ihre Hilfe. Ich werde mich mit *Père* Goffic treffen. Seien Sie versichert, dass Ihr Name in meiner Reportage zitiert wird.«

Gwenn fühlte sich ein bisschen beschämt, die Vertrauensseeligkeit der Leute ausgenutzt zu haben, aber die Informationen, die er erhalten hatte, waren nicht dazu geeignet, Schaden anzurichten. Er verließ das *Goéland Boiteux* mit einem charmanten Lächeln an die Dame und spazierte in Richtung des Denkmals für die Widerstandskämpfer, wo Soazic auf ihn wartete.

Sobald man den Schutz des Dorfes verlassen hatte, breitete das Moor unter salzhaltiger Luft seinen Teppich mit von der Sonne ausgedorrtem Farn aus. Keine Hügel, keine Anhöhe konnte die Aussicht der Spaziergänger trüben und eine Spur festgetretener Erde skizzierte den Weg durch die hoch gewachsenen Kräuter. Rechts in der Ferne, das Lothringer Kreuz; noch weiter in der Ferne hinter dem halbmondförmigen Kiesstrand – der Leuchtturm; ausgestreckt auf einem Moosteppich hatte Soazic sich aufs beste eingerichtet: ihr Buch in den Händen, den Strohhut mit rotem Band auf dem Kopf, ihre Sonnenbrille auf der Nase und in ihrem geblümten Badeanzug, der genügend Haut frei ließ, um von der Sonne liebkost zu werden, spielte sie die unbeschwerte Touristin. Als sie ihn kommen sah, richtete sie sich auf und winkte. Ein kleiner farbiger Fleck auf der Lichtung aus grünem, weichem Moos - Gwenn konnte sie sofort ausfindig machen und eilte ihr entgegen. Sie warf ihren großen Sonnenhut in die Luft und fiel ihm um den Hals.

Soazic war im selben Jahr geboren wie ihr Mann. Ihre sportlichen Aktivitäten blieben inzwischen hinter ihren Erwartungen zurück, aber sie teilte die pure Lust am Leben mit Gwenn. Sie steuerte auf die vierzig zu und einige leichte Fältchen um die Augen trugen ihr regelmäßig Gwenns Kommentare und Ratschläge ein, aber sie maß dem keine Bedeutung zu.

Sie zügelte ihre stürmische Umarmung, warf ihre

schwarzen Haare in den Nacken und lächelte:

»*Mon Chéri*, ich habe Dich vermisst.«

Er küsste sie zärtlich und drückte sie fest an sich. Es war jedes Mal ein Gefühl der Glückseligkeit, das ihn durchströmte, wenn sie in seinen Armen lag. Die Liebkosungen wurden leidenschaftlicher und schon bald waren sie jeder Kleidung entledigt. Nackt ließen sie sich von der Welle ihrer Liebe zum Ausbruch tragen, wie die Brandung, die einen Kieselstein überrollt. Trunken von der Heftigkeit ihrer Leidenschaft streckte Gwenn sich neben ihr aus und ließ seinen Körper wieder zu Bewusstsein kommen.

Ein Hase musterte sie belustigt vom Fuße des Denkmals, während ein schwarzer Kormoran auf einem großen Felsen seine Flügel im Wind hin und her schwang, um die Federn zu trocknen. Der Seewind hatte behutsam die Stille der kargen Landschaft zurückerobert. Gwenn erhob sich, reichte seiner Frau die Hand, um ihr auf zu helfen, und beide verstanden sich wortlos, stürzten sich nackt in die schäumende Flut, die herannahte und ihr Liebesnest umspülte.

»Ich liebe diese Art von Ermittlungen, *mon amour*. Ich hoffe es kommen noch viele weitere hinzu.«

»Du bringst mich zurück in die Realität, aber Du hast Recht. Ich schlage vor, wir essen zuerst und anschließend setze ich meine Ermittlungen fort.«

»Erzähle mir, was Du heute Morgen gemacht hast.«

Während Soazic weiter sprach, griff sie nach ihrem Rucksack und holte eine große Flasche Wasser und Sandwiches heraus. Gwenn erzählte ihr von seiner Begegnung im *Goéland Boiteux* und seinem Vorhaben, *Père Goffic* zu treffen.

»Sagtest Du, er wohnt in einer verlassenen Kapelle?«

»Das hat mir die Besitzerin des Bistros erzählt.«

»Hör zu, heute Morgen habe ich ein wenig die Umgebung erkundet und ich glaube ich weiß, wo sie sich befindet. Tatsächlich liegt sie versteckt in der Vegetation, aber als ich vorbei ging, habe ich einen Hund bellen gehört und ich bin näher hin gegangen.«

»Immer wieder neugierig!«

»Vielleicht; immerhin, während ich gewartet habe, habe ich die Kapelle gefunden. Sie war wunderschön, ganz aus Granitstein, mit einem zierlichen und eleganten Glockenturm.«

»Nun gut, essen wir zu Ende und anschließend zeigst Du mir, was Du entdeckt hast. Gibt es Dessert?«

»Dein Lieblingskuchen.«

»Wirklich? *Cheese-Cake*?«

»Aber ja, *Chéri*, Du siehst, ich denke immer an Dich!«

»Ich liebe Dich.«

Eine Viertelstunde später räumte das Paar die Badetücher und die Reste des Picknicks in die Tasche und brach auf. Soazic schlug wieder den Weg durch die braun gefärbten Farnkräuter ein, Richtung Leuchtturm, um dann in einen abschüssigen Pfad einzutauchen. An dieser Stelle windgeschützt waren die Pflanzen kräftig und Gwenn wunderte sich auf einmal, dass seine Frau wissentlich vom Weg abwich um sich weiter durch die hohen Gräser durchzuschlagen. Zwanzig Meter weiter kamen sie auf eine Lichtung, in deren Mitte die kleine Kapelle stand und sie mit ihrer blauen Türe anlächelte. Sie drehten eine Runde, ohne einer Menschenseele zu begegnen. Gwenn formte seine Hände zu einem Trichter und rief:

»Monsieur Goffic, Monsieur Goffic, wir sind Freunde! Wo sind Sie?«

»Und wenn wir hineingehen und nachsehen?«, fragte Soazic.

»Machst du Witze?«

»Hör zu, es sind Deine Ermittlungen, Du musst entscheiden, ob Du mehr erfahren willst.«

»Ist ja gut, in Ordnung.«

Gwenn war hin und hergerissen zwischen seiner Sorge, die Privatsphäre der Leute zu respektieren und seinem ehrlichen Wunsch, das Puzzle zu einem Ganzen zusammenzufügen, dessen Einzelteile sich allmählich vor ihm ausbreiteten. Schließlich sagte er einfach:

»Los, gehen wir rein.«

Die schwere blaue Türe war nicht verriegelt. Soazic stieß sie mühelos auf und betrat den Raum. Sie benötigte einen Augenblick um sich an das Halbdunkel zu gewöhnen. Offensichtlich war niemand in diesem kleinen Zimmer. Auf einem Tisch lagen noch die Reste der letzten Mahlzeit des Bewohners: eine geöffnete Dose Hering und ein angeschlagenes Glas. Der einzige Stuhl war umgestoßen und einige Bücher lagen auf dem Boden herum. Soazic bemerkte eine weitere Türe an der hinteren Wand. Gwenn ließ seinen analytischen Blick schweifen. Dieser umgestoßene Stuhl auf dem Boden machte ihn stutzig, denn er passte nicht zu der scheinbaren Ordnung im Raum. Soazic öffnete die hintere Türe und betrat munter das zweite Zimmer. In dem Augenblick, als Gwenn hinter ihr eintrat, blieb seine Frau abrupt stehen und schrie aus tiefster

Seele vor Abscheu und schlug sich die Hände vor das Gesicht, als wollte sie das Entsetzliche verbergen, das sie gerade entdeckt hatte. Auf dem Bauch ausgestreckt und den starren Blick ihr zugewandt, die schwarz verfärbte Zunge aus dem Halse hängend, lag der Mann, der *Père* Goffic sein sollte, auf dem Boden, erstarrt in schrecklicher Todesangst. Straff um seinen Hals geschlungen war wie ein Seemannsknoten die weiße, schmutzige Schnur seines alten Dudelsacks, während die Pfeifen wie traurige Banderillas auf seinem Rücken lagen.

Gwenn hatte beruflich schon öfter mit dem Tod Bekanntschaft gemacht. Er hatte sich eine gewisse Gelassenheit angeeignet, die es ihm erlaubte mit der nötigen Objektivität an diese Dinge heranzugehen. Er zog Soazic aus dem alten Gebäude, ließ sie sich hinsetzten und holte sein Mobiltelefon hervor, um die Behörden anzurufen. Das war alles, was noch zu tun blieb.

Nachdem er mit dem Bürgermeisteramt gesprochen und die Situation erklärt hatte, führte Gwenn Soazic ein Stück abseits und versuchte seine Frau zu beruhigen. Der Schock saß tief, das Schluchzen grub Furchen in ihre Wangen und es dauerte, bis sie wieder Herrin über ihre Gefühle war.

Die drei Amtsgewalten der Insel betraten den Schauplatz des Verbrechens: die Verwaltungsbehörde in Gestalt des Bürgermeisters Yvon Le Menec'h, Seemann in Rente mit losem Mundwerk, die Polizeibehörde unter der Führung von Marcel Cavalec, Ordnungshüter in grüner Uniform, der nervös an seinem großen Schnurrbart und an seiner Dienstwaffe nestelte, und die moralische Instanz mit Loic Guyader, dem Ortspfarrer, einen stattlichen, jedoch spröde wirkenden Mann mit grauem Bürstenhaarschnitt.

Als der einzige Wagen der Insel mit den drei Kameraden vorfuhr, ging Gwenn auf sie zu, um sie in Empfang zu nehmen und die Situation kurz zu schildern.

Der Bürgermeister blickte bestürzt auf den leblosen Körper des Bewohners der Kapelle:

»Es ist entsetzlich! Wie kann jemand so etwas tun?«

»Und vor allem warum?« ergänzte der Priester.

Der Bürgermeister nahm die Lage in die Hand.

»Monsieur, Sie werden mir Ihre Kontaktdaten geben. Die Gendarmerie *Audierne* wird sich der Sache annehmen. Marcel, richten Sie eine Sicherheitszone um die Kapelle ein und bleiben Sie hier, bis die Gendarmerie eintrifft. Loic, diese Leute benötigen Trost und Zuspruch, bevor sie zurückfahren. Können Sie sie ins Pfarrhaus mitnehmen, bis ihr Schiff kommt?«

»Natürlich, Herr Bürgermeister. Monsieur, Madame, wollen Sie mir folgen?«

»Ja, sehr gerne. Kommst Du Soazic?«

Madame Rosmadec willigte ein, drückte die Hand ihres Mannes, der dem Bürgermeister seine Visitenkarte gegeben hatte und zu dritt nahmen sie den Weg Richtung Dorf.

Das Pfarrhaus der Île *de Sein* richtete seine Granitfassade gegenüber dem Meer auf wie eine Festungsmauer zur Abwehr finsterer Mächte, die hereinströmen könnten. Das alte Haus hatte viele Bewohner gesehen und ein jeder hat ihm die Stärke, die für die Inselbewohner charakteristisch ist, aufgedrückt. Gwenn ließ seinen

Blick schweifen und entdeckte zu seiner Überraschung indonesische Marionetten für ein Schattentheater auf dem Kaminsims, eine indische Truhe aus Kampfer, einen malaiischen Dolch mit zweischneidiger, gewellter Klinge und verziertem Griff an der Wand. Auf einem niedrigen Tisch aus Teakholz thronten zwei Opiumpfeifen aus blauem Porzellan, wahrscheinlich aus China. Offensichtlich hatte der Pfarrer fremde Länder bereist.

Er ließ sie in bequemen Sesseln Platz nehmen und bot ihnen Kaffee an.

»Für mich sehr gerne«, sagte Gwenn.

»Oh, ja, für mich auch«, sagte seine Frau.

Der Pfarrer verließ das Zimmer und kehrte bald darauf mit drei dampfenden Schalen zurück, die er auf dem Tisch abstellte. Die heiße und süße Flüssigkeit linderte die Schmerzen und brachte die rosige Farbe, die das Entsetzen aus ihren Gesichtern entfernt hatte, zurück.

Der Ordensmann leerte seinen Kaffee mit sichtlicher Zufriedenheit und stopfte seine Pfeife. Als er den prüfenden Blick von Soazic bemerkte, legte er die Pfeife zurück auf den Tisch.

»Sagen Sie, Monsieur, kannten Sie das Opfer?«, fragte Gwenn.

»Jeder auf der Insel kannte *Père* Goffic. Er war ein wenig verrückt, aber das störte niemanden. Und wenn er am Strand Dudelsack spielte, waren wir alle gleichermaßen ergriffen, auch wenn er immerzu falsch spielte.«

»Warum hätte ihn jemand töten wollen?«

»Ich kenne meine Gemeindemitglieder gut; es passiert ihnen manchmal, dass sie sich auf dem Heimweg vom Gasthaus prügeln, aber keiner hätte solch eine

Untat verüben können. Es muss jemand vom Festland sein, der das verbrochen hat. Also, *Père* Goffic muss dort Feinde gehabt haben.«

»Wissen Sie etwas über seine Vergangenheit?«

»Vor seiner Rückkehr auf die Insel, wo seine Eltern einen Bauernhof hatten, war er bei der Marineinfanterie auf der *La Royale;* wegen seiner Seemannsrente und der finanziellen Unterstützung, die ihm das Bürgermeisteramt bewilligte, konnte er überhaupt überleben.«

Gwenn riskierte die Frage, die ihm auf der Zunge lag:

»Wissen Sie, ob er Fanch Lefort kannte?«

Das Gesicht des Pfarrers erstarrte und drückte eine gewisse Überraschung aus.

»Natürlich, sie waren ja Teil der gleichen Marineinfanteristeneinheit in Indochina.«

»Entschuldigen Sie, Monsieur, aber woher wissen Sie das?«

»Weil ich selbst dort Militärpfarrer in ihrem Regiment war.«

Nun war es Gwenn, der überrascht und sprachlos vor Verblüffung war.

Der Pfarrer nahm das Gespräch wieder auf:

»Das war nichts Ungewöhnliches. Wir Inselbewohner hatten kaum eine Wahl im Leben: der Fischfang, ein bisschen Landwirtschaft oder die Armee. Nach dem Priesterseminar in *Quimper* hatte ich den Wunsch, meinen Landsleuten wieder zu begegnen und in der Marine ließ sich das am einfachsten verwirklichen.«

»Und folglich haben Sie Fanch Lefort und Goffic zusammen kennengelernt?«

»Einige Jahre haben wir im gleichen Regiment gedient. Dann haben sie die *La Royale* gemeinsam verlassen, sind aber in Südostasien geblieben. Wenn ich mich recht erinnere, wollte Fanch eine Kautschukplantage kaufen.«

»Hatte er die nötigen Mittel?«

»Ich weiß nicht wie, aber er hat es geschafft. Damals war die Rede von einem versteckten Schatz, den er im Dschungel gefunden habe, ausgerechnet mit seinem Kamerad; es gab aber auch Gerüchte über Schwarzhandel mit Opium, in den sie verstrickt gewesen sein sollen. Diese Region war seinerzeit ein weites Feld für allerlei Abenteuer.«

»Er hat also eine Plantage gekauft?«

»Ich war seit dieser Zeit nie wieder in Asien. Tatsächlich habe ich den Weggang des damaligen Pfarrers genutzt, mich auf diese Stelle beworben und der Bischof von *Quimper* dankbar, einen Freiwilligen gefunden zu haben, hat eingewilligt. Aber wissen Sie, die Seeleute kommen, gehen, hängen in der Kneipe herum und es endet damit, dass man Neuigkeiten von denen erfährt, die die Insel verlassen haben. So kam es, dass man *Père* Goffic eines Tages von Bord gehen sah. Augenscheinlich, war er nicht mehr ganz bei Verstand, erzählte aber zwischen zwei Trinkgelagen, dass Fanch sich als Pflanzer, nicht weit von der Grenze zu Birma, niedergelassen hatte. Er wollte ein solches Leben jedoch nicht und kehrte zurück. Er behauptete, Fanch werde ihm bald viel Geld schicken, sodass er nicht mehr arbeiten müsse. Aber die Zeit verging und nichts geschah. Er suchte dann eine Beschäftigung als

Saisonarbeiter auf der Insel. Weil damals kein Haus verfügbar war, wies ihm der damalige Bürgermeister die leer stehende Kapelle zu und im Gegenzug sollte er den Küstenweg reinigen.«

»Das war ungefähr zu der Zeit, als Marie Lefort ihr Kind bekam, nicht wahr?«

»Wirklich? Das wusste ich nicht. Marie war keine von uns. Wir hatten keinen Grund, uns für ihre Angelegenheiten zu interessieren.«

»Kennen Sie den Grund, warum *Père* Goffic mit einem unverhofften Geldsegen seitens Fanch Lefort gerechnet hatte?«

»Nein natürlich nicht. Er hat sich dazu nie öffentlich geäußert. Aber jetzt, wo sie es erwähnen, erinnere ich mich an einen Abend im Bistro. Die Männer konnten nicht auf's Meer hinaus wegen eines fürchterlichen Gewittersturms. Er war da. Nach einigen Runden Schnaps fantasierte er bei der Gelegenheit über seinen Kompagnon Fanch Lefort, der ein Mörder sei und dessen Frau Marie Cloarec, die ihn um seinen Anteil an dem Schatz gebracht habe...«

»Was wollte er damit sagen?«

»Ich weiß es nicht. Wer weiß es schon?«

»Vielleicht gibt es in den Archiven der Marine Informationen darüber?«

»Ja, in *Brest*. Alles ist in den Gebäuden der alten Vauban-Festung aufbewahrt.«

In diesem Augenblick ertönte eine gewaltige Sirene im nahe gelegenen Hafen.

»Unser Schiff; vielen Dank für Ihre Gastfreundschaft, Pater.«

»Aber ich bitte Sie, das ist selbstverständlich. Gute Rückreise auf das Festland.«

Der alte Pfarrer erhob sich und begleitete sie bis zum Kai, wo das riesige Schiff seinen Schwung an Touristen auflud. Gwenn und Soazic eilten in die untere Kabine und warteten auf die Abfahrt.

6

»Hier, *Maître* Lefort, alles, was ich bis jetzt weiß, seit ich mit meinen Ermittlungen begonnen habe. Geben Sie zu, es ist erstaunlich!«

»Es ist unerhört, Monsieur Rosmadec. Der Tod des armen Goffic ist überraschend und verdächtig. Glauben Sie, es besteht ein Zusammenhang mit unserer Angelegenheit?«

»Ich weiß es nicht. Die einzige Sache, die mich aufhorchen lässt, ist die Tatsache, dass der Mörder vermutlich vom Festland stammt. Im Augenblick kümmert sich die Gendarmerie *Audièrne* darum. Wenn Sie einverstanden sind, werde ich meine Nachforschungen in Bezug auf Ihren Vater fortsetzen und Ihre Mutter aufsuchen, sobald sie sich besser fühlt.«

»Wie meinen Sie?«

»Nun, der Direktor des Altersheims hat mich angerufen. Er hatte meine Frau am Apparat und sagte ihr, Ihre Mutter sei nicht in der Verfassung, mich zu empfangen.«

»Sieh mal einer an, das ist seltsam. Ich habe sie gestern Abend besucht und sie war in Hochform. Ich hatte ihr gerade von Ihnen erzählt und sie war begeistert von der Idee, Ihnen ihre Lebensgeschichte zu erzählen. Nun gut, ich werde es mit Louran besprechen.«

»Von wem sprechen Sie?«

»Malo Louran, der Direktor des Altersheims, der Sie angerufen hat.«

Gwenn wechselte das Thema.

»Ich war auf Ihrem Gut in *Tréogat*. Es ist etwas heruntergekommen.«

»Das ist richtig, ich habe mein gesamtes Erwachsenalter in *Quimper* verbracht, und meine Mutter hat, als sie den Hof verließ, einen Strich unter die Vergangenheit gezogen.«

»Hat sie sich für ihre Vergangenheit geschämt?«

»Oh, nein sie war Bäuerin und bewahrte ihre Sitten und Werte. Aber von dem Augenblick an, als mein Vater für unsere Existenz sorgte, rechnete sich die Arbeit auf dem Hof für meine Mutter nicht mehr. Nach seinem Tod hinterließ er uns eine Goldgrube. Meine Mutter wusste sehr gut mit Geld umzugehen und legte es klug an, weshalb der Hof in Vergessenheit geriet.«

»Sie hätte ihn verkaufen können.«

»Ja, aber wie ich Ihnen schon sagte, sie war eine Bäuerin und ihre Verbundenheit zum Land war stärker. Sie wollte den Hof behalten, vielleicht als Zufluchtsort.«

»Sagen Sie, Maître, Sie sind in *Plonéour Lanvern* geboren, nicht wahr?«

»Keineswegs, ich bin genau auf diesem Hof in *Tréogat* geboren.«

»Ich habe aber einen Nachbarn getroffen, der

behauptet Marie Cloarec sei zur Entbindung nach *Plonéour* gefahren.«

Der Notar wurde still und nachdenklich.

»Es kursierten Gerüchte, aber offiziell bin ich in *Tréogat* geboren.«

»Welche Gerüchte, *Maître*?«

»Der betreffende Nachbar muss ihnen von seiner Schwester erzählt haben, Anne Péron?«

»Genau.«

»Diese Anne ist bei der Geburt ihres Kindes zur selben Zeit gestorben?«

»Ganz genau.«

»Er war es, der mir das alles eines Tages erzählt hat. Der nächtliche Aufbruch der zwei Frauen nach *Plonéour*, die Rückkehr meiner Mutter mit nur ihrem Kind, während Anne ihres verloren hatte und gestorben war.«

»Und was denken Sie?«

»Der Mann hatte sehr großen Kummer. Ich habe mich lange Zeit gefragt, ob er die ganze Geschichte vielleicht nur erfunden hatte.«

»Aus welchem Grund?«

»Vielleicht um einen Sündenbock zu finden; vielleicht um eine Rechtfertigung für den Verlust seiner Schwester zu finden. Er konnte nicht Gott in Frage stellen. Also hat er eine andere Erklärung gesucht. Im Laufe der Zeit hat sie sich verfestigt und wurde zur einzigen Wahrheit für ihn. Aber dafür war es nötig, dass ich ihm seine Version des Sachverhalts zugestand.«

»Und heute? Was ist Ihre Meinung dazu?«

»Ehrlich gesagt, ich weiß überhaupt nichts. Vielleicht ist das ein weiteres Rätsel, das Sie aufklären müssen,

Monsieur Rosmadec.«

Der Notar rührte in seinem Tee mit einer klammen Hand, die im Lichtstrahl, der von der Decke herabfiel, vergilbtem, zerknittertem Pergament glich. Er blieb schweigsam; offensichtlich hatte ihn Gwenns Bericht berührt, ein wenig wie ein Patient dessen Psychoanalytiker die Türen einer längst vergessen geglaubten Vergangenheit einen Spalt breit öffnet, und der sich fragt, ob er sich zum ersten Schritt überwinden kann. Er trank einen kleinen Schluck Lindenblüten-Minztee, kam wieder zu sich und sagte:

»Machen Sie weiter, Monsieur Rosmadec. Ich ahnte bereits, dass meine Vergangenheit irgendein Geheimnis birgt und wir müssen es jetzt lüften.«

»Nun gut, *Maître*. Ich fahre morgen nach Brest um in den Archiven der *Marine Nationale* mein Glück zu versuchen und den Spuren Ihres Vaters nachzugehen.«

»Perfekt. Ich habe einen Brief für Sie vorbereiten lassen, an Kommandant Ronan Lamarre, der dieses Archiv leitet. Er sollte Ihnen weiter helfen können. Meine Sekretärin wird Ihnen den Brief aushändigen. Viel Glück, Monsieur Rosmadec.«

Der kleine Notar stand auf und signalisierte damit, dass das Gespräch beendet war. Gwenn ging in das nächste Büro, in dem die alte Sekretärin tätig war. Sie erwartete ihn bereits in ihrem makellosen Channel-Hosenanzug. Mit ihren grauen, zu einem Knoten hochgesteckten Haaren und den langen, tiefrot lackierten Fingernägeln sah sie aus wie eine verlebte Spionin. Sie reichte Gwenn einen Umschlag mit dem Briefkopf der Kanzlei, und hinter ihrer berufsmäßigen Unfreundlichkeit glaubte Gwenn einen Anflug von

Grausamkeit zu entdecken. »Wie hat *Maître* Lefort es geschafft, so viel Zeit mit diesem Drachen zu verbringen?« fragte er sich. »Vielleicht ist da ja ein verborgenes Leben, das die beiden vereint? Wer weiß?« Er zwang sich höflich zu klingen:

»Ist es nicht hart, hier zu arbeiten?«

»Seit zwanzig Jahren stehe ich in den Diensten von *Maître* Lefort, und ich habe mich niemals beklagt. Zudem verfüge ich über ausreichend Zeit, um mich meinen Freizeitbeschäftigungen zu widmen.«

»Stricken vielleicht?« , platzte es aus Gwenn heraus.

Zwei Funken sprühten aus den Augen der Sekretärin, die sich zügelte und in trockenem Tonfall antwortete:

»Nein Monsieur, Marathon am Strand, jeden Sonntag. Nichts ist besser geeignet, um in Form zu bleiben und die Figur zu behalten.«

Und in perfidem Ton fügte sie hinzu:

»Wenn ich mir Ihr kleines Bäuchlein so ansehe, Monsieur, würde es ihnen nicht schaden, ein wenig zu joggen.«

Gwenn ließ es auf sich beruhen und verabschiedete sich.

Als er in seinen Wagen stieg, klingelte sein Mobiltelefon. Auf dem Display erschien der Name des Teilnehmers: Soazic. Es kam selten vor, dass sie um diese Zeit anrief. Gwenn nahm hastig ab.

»Hallo *mon amour*, was ist passiert?«

»Komm schnell, bei uns wurde eingebrochen!«

»Ich komme, so schnell ich kann. Ruf' die Polizei und nichts anfassen!«

7

Gwenn benötigte keine fünfzehn Minuten, die siebzehn Kilometer von *Quimper* nach *Sainte-Marine* zurückzulegen. Vor seinem Haus wartete ein Kastenwagen der Gendarmerie mit Blaulicht.

Durch die geöffnete Türe sah er im Eingangsbereich die Silhouette seiner Frau, die mit zwei Polizisten in Uniform sprach. Als er sich näherte, bemerkte er, dass einer der Gendarmen eine Frau war. Gleichwohl unterschied sich ihre Uniform keinen Deut von der ihres Amtskollegen.

Sie drehte sich zu dem Neuankömmling um, nahm ihre Mütze mit der rechten Hand ab und erklärte:

»*Adjudant-chef* Le Roy von der Brigade *Pont-l'Abbé* und hier mein Assistent Le Guennec.«

»Was ist passiert?«, fragte Gwenn.

Soazic drehte sich zu ihrem Mann:

»Sieh Dir das an!« , sagte sie.

Gwenn ging einen Schritt weiter ins Haus. Es war

ein Schock: Tisch und Stühle waren umgeworfen, die Schubladen der indischen Kommode ausgeleert und ihr Inhalt lag verstreut auf dem Teppich aus Rajasthan.

»Weißt Du, ob etwas gestohlen wurde?«

»Augenscheinlich nur eine einzige Sache: Dein Laptop, der auf Deinem Schreibtisch lag.«

»Aber das ist vollkommen verrückt. Hier auf dem Boden liegen Gegenstände, die ein Vielfaches mehr wert sind als dieser alte Computer.«

Die Polizistin ergriff das Wort:

»Monsieur Rosmadec, wir haben die Aussage ihrer Frau notiert. Wir haben die gleichen Feststellungen gemacht wie Sie. Bei Einbruchsdiebstählen – es gibt eine Vielzahl davon hier in der Gegend – nehmen die Einbrecher in der Regel Silberbesteck oder die Stereoanlage mit, die sie leicht auf dem Schwarzmarkt absetzen können. Nach dem ersten Eindruck scheint es, als seien die Diebe nur zu dem Zweck gekommen, sich Ihren Laptop anzueignen. Also frage ich mich natürlich, was so Wertvolles darauf gespeichert war. Vielleicht können Sie mich aufklären?«

»Nichts Besonderes, *Adjudant* Le Roy: Kontoauszüge, archivierte persönliche Briefe, eine Schach-Software.«

»Keine Unterlagen mit Bezug zu Ihrem Beruf?«

»Nein keine. Selbstverständlich benutze ich das Textverarbeitungsprogramm des Computers, aber die Inhalte meiner Informationen werden sofort auf einer externen Festplatte gespeichert.«

»Glauben Sie, die Diebe hatten es auf diese Inhalte abgesehen?«

»Die Daten sind natürlich vertraulich, aber keinesfalls stellen sie eine Gefahr für das Privatleben meiner Klienten dar.«

»Wir wurden von unseren Kollegen aus *Audierne* über Ihr Problem auf der Île *de Sein* informiert. Ich kann nicht umhin, einen Zusammenhang zwischen den beiden Vorfällen zu sehen. Im Interesse der Justiz, aber auch unserer Ermittlungen möchte ich Sie bitten, mir die Festplatte zu geben, damit wir eine Kopie machen können.«

»Ja, in Ordnung, ich habe Verständnis dafür. Gibt es etwas Neues im Fall des armen Goffic?«

»Wir haben inzwischen eine Personenbeschreibung des Mörders.«

»Starke Leistung. Wie haben Sie das geschafft?«

»Unsere Kollegen haben jeden befragt, der sich in der Nähe des Tatortes aufgehalten hat. Und stellen Sie sich vor, der Leuchtturmwärter war hinaufgestiegen, um das Licht zu reparieren und hat, wie immer amüsiert sein Fernglas über den Strand schweifen lassen. Er ging nicht ins Detail, was Ihr – hm – Schäferstündchen angeht... Aber zur gleichen Zeit bemerkte er eine Gestalt, die sich der Kapelle von *Père* Goffic näherte, hinein schlich, um wenige Minuten später wieder herauszukommen. Dieser Umstand korrespondiert exakt mit dem Todeszeitpunkt, der vom Gerichtsmediziner berechnet wurde. Wir haben dann den Einwohnern der Insel dieses Phantombild gezeigt, und es hat sich herausgestellt, stellen Sie sich vor, dass Sie diesem Mann über den Weg gelaufen sind.«

»Ich?«

»Er wurde eindeutig identifiziert von der Wirtin des *Goéland Boiteux*; dieser Gast trank ein Bier in ihrem Bistro zur gleichen Zeit, als Sie mit ihr in ein Gespräch vertieft waren.«

Gwenn rief sich die Anwesenheit des einzigen Gastes, der ohne ein Wort die Kneipe verlassen hatte, wirksam in Erinnerung. Er hatte ihre Unterhaltung tatsächlich verfolgt und wusste deshalb, dass Gwenn Goffic aufsuchen wollte. Der arme Alte muss etwas gewusst haben, was nicht ans Licht kommen durfte. Der Mörder ging kein Risiko ein: Er hat ihn schlicht und einfach beseitigt. Aber, dieser Kerl war nicht nur da gewesen, um Gwenn zu überwachen. Es war sein Instinkt, der ihn die Initiative ergreifen ließ, dem Leben des armen Vagabunden ein Ende zu machen.

Die Polizistin überließ Gwenn seinen Träumereien und ergriff dann wieder das Wort:

»Verstehen Sie, Monsieur Rosmadec, ein Mörder läuft frei herum, und es besteht möglicherweise ein Zusammenhang mit den Ermittlungen, die Sie führen. Ich bitte Sie deshalb, uns regelmäßig mit den Informationen, die Sie im Zuge Ihrer Ermittlungen zu Tage fördern, auf dem Laufenden zu halten und uns, sofern Sie dazu imstande sind, zu unterstützen, diese Person auszuschalten.«

»Sie können auf mich zählen. Was ich sagen wollte, konnten Sie seine Fingerabdrücke sicherstellen?«

»Es gab keine. Wir haben es mit einem Profi in Sachen Einbruch zu tun. Er hat keine Spur hinterlassen.«

»Dennoch hat er nicht gezögert, in meinem Haus alles völlig durcheinander zu bringen.«

»Eine Handschrift oder vielleicht eine Vorwarnung, wer weiß? Er will Ihnen Angst einjagen. Ich bitte Sie um äußerste Vorsicht.«

»Ich bin Schlimmeres gewöhnt, Sie können beruhigt sein. Ich werde mich nicht so behandeln lassen.«

»Ich habe keinen Zweifel an Ihrem Mut, Monsieur Rosmadec. Aber Sie leben nicht alleine in diesem Haus. Seien sie äußerst umsichtig in Bezug auf Sie selbst und Ihr Umfeld.«

»Ich habe Ihre Botschaft verstanden. Auf Wiedersehen, *Adjudant*.«

Die beiden Gendarme kehrten zu ihrem Wagen zurück, der schon bald in der Kurve verschwunden war. Gwenn wandte sich seiner Frau zu und nahm sie in die Arme.

»Was passiert hier, Gwenn? Warum wollen sie uns ans Leder?«

»Sei nicht beunruhigt, *ma chérie*. Ich glaube die Polizistin hat die Sache aufgebauscht, um uns dazu anzuhalten vorsichtig zu sein. Aber uns droht keine Gefahr.«

»Ein Mord wurde begangen, unter entsetzlichen Umständen, und Du tust so, als seien wir nicht in Gefahr. Gwenn, *mon amour*, ich habe Angst. Ich habe Angst um Dich, wenn Du unterwegs bist, um zu ermitteln, Angst, wenn Du nicht rechtzeitig zurückkommst.«

»Das ist genau das, worauf es diese Leute abgesehen haben. Wir müssen uns dieser Situation stellen und sie in den Griff bekommen. Und ich weiß, dass Du das kannst.«

»Oh Gwenn...«

Ihre Worte erstarben und eine kleine Träne rann über

ihre Wange, aber sie sah ihn entschlossen an und küsste ihn.

»Wir werden gewinnen und ich lasse nicht zu, dass Dir jemand Leid zufügt.«

Durch das große Glasfenster sah man malvenfarbene Rhododendronbüsche, die ihre Farbenpracht in den lauwarmen Sommer versprühten.

»Wir fahren zu den *Glénan*-Inseln. Das bringt uns auf andere Gedanken.«

»Einverstanden.«

8

Die »*Diaoulig ar Mor*« , das Teufelchen des Meeres, ruhte artig an ihrem Ankerplatz am Bootsanleger. Daneben machten sich die Skipper aller Altersklassen an den Schiffskörpern, Seilen und Motoren zu schaffen.

Gwenn und Soazic bestiegen das große Schlauchboot. Aus Erfahrung fand Gwenn, dass es diese Art von Boot war, die einem die meisten Möglichkeiten für kleine Fluchten bot. Er befestigte das GPS-Gerät und den Kompass und stellte die Verbindung her; die Kontrollleuchten gingen an und mit einem Druck auf den Schalthebel senkte Gwenn die sechzig PS ins Wasser und startete den Motor.

Soazic löste die Knoten der Taue, die die *Diaoulig* am Ausleger festhielten und setzte sich in den Bug. Gwenn fuhr zunächst langsam rückwärts, um aus der Parkbucht herauszumanövrieren, dann langsam vorwärts, um den Hafen zu verlassen, erhöhte dann die Geschwindigkeit auf drei Knoten zur Mitte des *Odet* und nahm Kurs Richtung Süden aufs offene Meer.

Rings um sie herum durchpflügten Freizeitsegler das Wasser, deren Wellen sich fächerartig zur Flussmündung hin ausbreiteten. Ein jeder war auf dem Weg zu seinem geheimen Angel- oder Tauchplatz. Viele fuhren zu den *Glénan*-Inseln, einem zauberhaften Archipel südlich einer breiten Bucht, die sich von *Loctudy* bis *Concarneau* erstreckte.

Gwenn beschleunigte, um die Geschwindigkeit und den Kurs beizubehalten. Am blauen Himmel, wo einige wenige Wolken selbst über ihre Anwesenheit überrascht waren, tobten sich hell schimmernde Meeresvögel aus, während ein einsamer Kormoran mit einem Flügelschlag die Meeresoberfläche streifte.

Soazic näherte sich dem Fahrer:

»Du siehst besorgt aus.«

»In der Tat, ich kann die Insel der Schafe nicht sehen. Sie muss in einem Wärmenebel verschwunden sein, und mit all den Felsen um uns herum ist es das Wichtigste, vorsichtig zu sein.«

»Schau, hinter Dir!«

Gwenn drehte sich um und hielt eine Hand fest am Steuer. Die Küste war verschwunden, im Nebel ertrunken. Es wurde ihm bewusst, dass sie auf diesem Fleckchen Ozean nun ganz alleine waren. Das ängstigte ihn jedoch nicht. Gwenn war ein umsichtiger und besonnener Seefahrer und ging auf See niemals Risiken ein. Er drosselte die Geschwindigkeit und warf einen Blick auf den GPS-Sender. Kein Problem, die eingeschlagene Route war richtig. Die Schafsinsel musste demnächst auftauchen.

In der Tat änderte das olivgrüne Wasser schrittweise

seine Farbe, um vollständig durchsichtig zu werden. Und es gab die Geheimnisse des Meeresbodens preis: lange, braune Algen, Tang, der sich sanft unter dem Bug des Schlauchbootes schlängelte und Schwärme von Fischen, Schalentieren und Muscheln beherbergte. Gwenn verlangsamte abermals, sowohl um das Schauspiel unter Wasser zu bestaunen, als auch um die Lage abzuschätzen. Inzwischen waren sie in die Nebelschwaden eingetaucht und die Felsen, die die Île *aux Moutons* wie einen Gürtel umfassten, zeichneten sich geisterhaft ab und schienen Nebelfetzen fortzureißen um sich einen flauschigen Schal umzulegen.

»Jetzt weiß ich, wo wir sind. Wir können auf Sicht fahren. Halte den Bootshaken bereit, für alle Fälle.«

Soazic befolgte seine Anweisung. Sie wusste aus Erfahrung, dass es an Bord nur einen Kapitän geben konnte. Gwenn konnte jetzt deutlich den Leuchtturm und das riesige, weiße Windkraftrad der Insel sehen. Er fuhr vorbei an einem Riff, wo der Rest eines früher einmal aufgeschlitzten Stahlrumpfes langsam verschwand, verschluckt vom Strudel der Gischt. Dann nahm er die Passage, durch die er die Route zum Archipel in der Ferne erreichen konnte. An der Hafenmole der Insel lag ein großes, schwarzes Schnellboot fest, aber Gwenn konnte niemanden erkennen, weder auf dem Boot, noch an Land. Die Besitzer waren möglicherweise auf der anderen Seite der Küste, hinter dem Leuchtturm. Gwenn richtete seinen Blick auf den Horizont, dorthin, wo er vermutete, den viereckigen Turm der Insel *Penfret* finden zu können. Im Nebel verloren fühlte er ihn eher, als er ihn sah, mit dem speziellen Sinn, der Seeleuten in ihrem Revier zu eigen war. Als

Gwenn bemerkte, dass sie das gefährliche Felsengebiet verlassen hatten, erhöhte er die Geschwindigkeit ein wenig. Die *Diaoulig* bäumte sich ein bisschen auf und beugte sich den Vorgaben des Kapitäns. Soazic, im Bug stehend, zeigte auf die Insel der Schafe und rief:

»Schau her!«

Das schwarze Schnellboot hatte seinen Ankerplatz verlassen und raste mit hoher Geschwindigkeit heran, um die *Diaoulig* backbord zu überholen. Gwenn hielt Kurs und behielt das andere Boot im Auge. Unvermittelt legte es hohes Tempo vor, kam parallel und lenkte entschlossen direkt auf Steuerbord, um Gwenn den Weg abzuschneiden. Er verzögerte nochmals das Tempo, um das Boot passieren zu lassen, aber es näherte sich und legte Geschwindigkeit zu. Angstvoll verstand Gwenn auf einmal, dass das schwarze Schnellboot sie schlicht und einfach rammen wollte. Er warf Soazic die Schwimmweste zu, die er immer an Bord hatte.

»Zieh sie sofort an und halte Dich fest! Es wird schaukeln!«

Gwenn ließ diesen wildgewordenen Piraten näher kommen, während seine rechte Hand den Gashebel fest umklammerte und die linke auf dem Steuer lag. Die Kollision schien jetzt unvermeidlich, auch weil der Andere seine Geschwindigkeit noch vergrößerte. Nur noch einige Meter und die *Diaoulig* würde unter dem Zusammenstoß mit dem mächtigen Schiff explodieren. Gwenns Hand krampfte sich um den Gashebel, während sich sein Kiefer wie ein Schraubstock zusammenpresste. Mit seiner ganzen seemännischen Erfahrung taxierte sein Blick den Augenblick des Zusammenpralls. Zwei Sekunden, eine Sekunde und Gwenn drehte das Steuer mit Gewalt nach rechts während er schlagartig beschleunigte und dann sofort das Gas wieder wegnahm. Beide Boote fuhren einen kurzen Moment Seite an Seite, als das schwarze Schnellboot von seiner Geschwindigkeit fortgerissen wurde, seinen Kurs beibehielt und die *Diaoulig* hinter sich ließ. Gwenn beschleunigte sofort wieder und näherte sich dem *Cap des Moutons*, das er östlich umfahren wollte.

Überrascht von diesem Manöver, mit dem er nicht gerechnet hatte, verlangsamte der Fahrer des schwarzen Bootes, drehte um und setzte seinen irrsinnigen Kurs fort. Gwenn warf einen Blick nach hinten, hielt aber Kurs.

»Auf ein Neues, Du Idiot! Du hast geglaubt, Du hättest uns, aber jetzt sind die Karten neu gemischt.«

Gwenn wusste, dass er kaum gegen die Geschwindigkeit des Anderen ankommen konnte. Aber er verfügte noch über einen Trumpf, von dem er Gebrauch machen würde. Er suchte aufmerksam die Küste ab und fand bald, was er gesucht hatte. Kaltschnäuzig begann er seine Geschwindigkeit zu drosseln und änderte leicht seine Richtung nach Westen. Das schwarze Boot machte Boden gut. Der Pirat war ihm schon auf den Fersen und Gwenn wusste, er würde kein Mitleid kennen. Daher war seine Entscheidung gefallen. Er prüfte nochmals genau die Uferlandschaft durch die Nebelfetzen, die immer noch an den Riffs hingen, drehte ein wenig Richtung offener See und verlangsamte erneut. Das Grollen des Motors des Schnellbootes erfüllte die Luft wie der Siegesschrei eines Raubtiers, bevor es seine Beute zur Strecke bringt. Gwenn konnte die Umrisse des Kapitäns erkennen, der hinter dem Steuer seiner Glaskabine aufgeregt hin und her geschüttelt wurde. Die Blicke der beiden Männer trafen sich und Gwenn las darin nackte Gewalt, während ein raubtierhaftes Lächeln den Mund des Mörders umspielte. Gwenn lächelte zurück und ließ seiner Freude freien Lauf, als das riesige Schnellboot auf einen unter Wasser liegenden Felsen prallte; der Bug riss entzwei, Wasser bahnte sich seinen Weg und das Boot sank nach vorne. Das Benzin aus dem Tank breitete sich an Deck aus und fing Feuer. Mit einem fürchterlichen Donnerschlag explodierte das schwarze Schnellboot in einem Feuerball aus Metall, Holz und Kunststoff.

Ohne seinem Gegner den geringsten Blick zuzuwerfen gab Gwenn wieder Gas um die *Diaoulig* in Sicherheit zu bringen. Dann nahm er das Gas wieder weg und fuhr gemächlich mit halber Geschwindigkeit. Benommen sah Soazic mit fragendem Blick zu ihrem Mann.

»Siehst Du, er war viel größer und viel schneller. Aber er kannte sich in diesem Gebiet nicht aus und mit meinen 30 Zentimeter Tiefgang konnte ich problemlos darüber fahren, wo er aufgeschlitzt wurde. Nun gut, schauen wir uns an, was von diesem Herrn übrig geblieben ist.«

Das war jedoch ganz und gar vergeblich; der Mann war mit seinem Boot gesunken. Gwenn drehte einige Runden um die Unfallstelle, an der vereinzelt einige schwarze Rumpfstücke an der Oberfläche trieben, und machte sich dann auf dem Rückweg nach *Sainte-Marine*.

»Gwenn, das ist nun schon das zweite Mal, dass

man uns angreift. Was geht hier vor?«

»Ehrlich gesagt, ich weiß es nicht. Aber ich glaube, dass der Fall Marie Cloarec ein Geheimnis birgt und gewisse Personen nicht wollen, dass es ans Tageslicht kommt.«

»Du lässt die Sache jetzt fallen, nicht?«

»Glaubst Du wirklich, sie lassen uns dann in Ruhe? Sie haben uns den Krieg erklärt. Ich kenne weder den Feind noch seine Motive, aber sie haben gewagt, mein Haus anzurühren und haben versucht Dich umzubringen. Ich habe keine Wahl. Um Dich zu beschützen und um zu verstehen, muss ich kämpfen.«

Soazic zog die Schultern hoch. Ein ganzes Leben liebevoller Gemeinsamkeiten verband sie und sie kannte ihn gut genug, um zu wissen, dass er nicht davon Abstand nehmen würde. Ihre Pflicht war es, auf seiner Seite zu sein und ihm beizustehen, so gut sie konnte. Es war auch ihr Kampf geworden.

9

»Ich bin überglücklich Sie wiederzusehen, *Adjudant* Le Roy.«

»*Bonjour*, Monsieur Rosmadec. Es scheint mir wirklich so, als sei es vorherbestimmt, dass wir uns regelmäßig treffen, oder?«

»Zu meiner großen Freude, *Adjudant* Le Roy. Wissen Sie eigentlich, dass diese Uniform Ihre sportliche Erscheinung besonders unterstreicht?«

Die Polizistin lächelte höflich.

»Man hat es mir zumindest noch nie gesagt. Ich bin hier aber im Dienst, lenken Sie also nicht ab.«

»Das beruhigt mich, *Adjudant*. Also, was wissen Sie über dieses schwarze Schnellboot und seinen armseligen Kapitän?«

»Das Boot wurde einer Schiffswerft in *Trinité sur Mer* gestohlen. Was seinen Kapitän angeht, kennen wir seine Identität bis jetzt noch nicht, aber die Leiche wurde von einer Tauchermannschaft eines Minenräumbootes geborgen, und wir wissen mittlerweile, dass es sich um den Mörder von Goffic handelt. Das Foto vom Gesicht des Ertrunkenen wurde an das Bürgermeisteramt der Île *de Sein* weitergeleitet und diejenigen, die ihm über den Weg gelaufen waren, haben ihn zweifelsfrei wiedererkannt.«

»Es wäre hilfreich zu wissen, warum oder auf wessen Rechnung er das alles getan hat?«

»Möglicherweise verfügen Sie über die Bruchstücke zur Antwort, Monsieur Rosmadec.«

»Ich kann Ihnen kaum mehr sagen als das, was Sie ohnehin schon wissen. Tatsächlich stelle ich mir dieselben Fragen mit dem Unterschied, dass ich nicht einfach nur Zeuge bin, sondern unfreiwillig Mitspieler: Ich kenne die Geschichte nicht und wie seinerzeit bei den Gladiatoren kann ich vor Ende der Vorstellung sterben.«

»Das ist der Grund, warum Ihr Haus diskret unter Beobachtung gestellt werden wird. Ich bitte Sie außerdem, mich auch nur die kleinste Ihrer Unternehmungen wissen zu lassen.«

»Soll ich als Lockvogel dienen?«

»Sie sind ein so guter Schauspieler, Monsieur Rosmadec, es wäre zu schade, wenn wir auf Ihr Talent verzichten und es nicht nutzen würden.«

Das brachte Gwenn zum Schmunzeln. Er antwortete:

»Natürlich, spielen Sie auch eine Rolle in dem Stück?«

»Selbstverständlich, Monsieur Rosmadec. Also, *Kenavo!* Ich lasse Sie Ihren Text lernen.«

10

Die alte, von Vauban auf einem Felsen errichtete Festung über dem Hafen von *Brest* hatte sich ihre ganze vergangene Pracht bewahrt. Wie eine fette Katze lag sie am Rand der Felsenküste, überwachte die Umgebung des Meeres und behielt dabei die Stadt im Blick.

Riesige Kanonen hielten Wache rechts und links des massiven Tores, das sich behutsam seinen Besuchern öffnete. Zwei bewaffnete Matrosen mit ihren berühmten roten Bommelmützen schritten gemäß eines festen Rituals den Zugang ab, auf die Wachablösung wartend.

Gwenn näherte sich dem Wächterhäuschen und zeigte dem darin sitzenden Beamten sein Empfehlungsschreiben. Dieser nahm das Dokument, überflog es und griff zum Telefon, um die Informationen weiterzugeben. Dann wandte er sich wieder zu Gwenn, händigte ihm sein Schreiben aus, drückte auf einen Knopf, der eine kleine Türe, die in die große eingelassen war, geräuschlos in Bewegung setzte.

»Sie können eintreten, Monsieur Rosmadec, Sie werden erwartet.«

Gwenn glitt durch den Eingang und gelangte in einen langen Korridor mit hohem Gewölbe, nüchtern in Neonlicht getaucht. Aus einer rundlichen Öffnung am Ende des Flurs trat ein Marineoffizier auf Gwenn zu und begrüßte ihn.

»*Bonjour*, Monsieur Rosmadec, *Commandant* Lamarre. Herzlich Willkommen in der Festung!«

»Sehr erfreut Sie kennenzulernen, *Commandant*. Ich folge Ihnen.«

Commandant Lamarre war ein warmherziger Mann. Unter seiner Offiziersmütze drückten seine Gesichtszüge große Sanftheit aus, die er versuchte mit einem schwarzen Vollbart zu stählen. Trotz der Strenge des schwarzen Barthaars konnten seine Lippen den Anflug eines liebenswürdigen Lächelns nicht verhindern. Dieser Offizier wusste seine Truppen mit Gefühl zu führen.

Die beiden Männer betraten einen engen Gang, der sich wenig später zu einem großen, hell erleuchteten Saal öffnete, in dem einige Marineexponate ausgestellt waren. Wunderschöne Schiffsmodelle, geschützt in Glasbehältern, segelten auf imaginären Meeren, zum Ruhme der französischen Marine. An einer Wand hing eine Plakette von *Tonnerre* aus farbigem Holz, flankiert von zwei pausbäckigen Engelchen, dem Schiff seiner Majestät Ludwig XIV. Auf der anderen Seite richtete eine Gallionsfigur ihren Blick in die Ferne, während ihr langes Haar aus Holz in einem nicht existierenden Wind flatterte.

Commandant Lamarre näherte sich der Statue.

»Ist sie nicht schön?«

»Prachtvoll. Wie schade, dass die Idee, Schiffe mit einer Gallionsfigur zu schmücken, aufgegeben wurde.«

»Nun, man muss die moderne Kriegswirklichkeit berücksichtigen. Aber ich bin ganz bei Ihnen. Die ritterliche Seite der Kapitäne von damals fehlt mir manchmal. Sehen Sie, als ich noch eine im roten Meer stationierte Fregatte befehligte, konnte ich mit einem Fingerdruck die ganze Feuergewalt meines Schiffes auslösen. Ein Zug an einem Hebel und extrem präzise Granaten können ohne Probleme jeden Feind in Reichweite der Kanone auslöschen. Die Zeiten der Freibeuter sind längst vergangen.

»Und diese Feuergewalt, haben Sie von ihr Gebrauch gemacht?«

»Dieser Teil meiner Existenz gehört noch immer dem Geheimdienst, Monsieur, Rosmadec. Aber wenn ich gezwungen wäre zu handeln, seien Sie sicher, mein Land könnte stolz auf mich sein, auch wenn es noch nichts davon weiß.«

Gwenn erkannte eine leichte Spur des Bedauerns in den Äußerungen des *Commandant*. Der Mensch braucht hin und wieder Anerkennung, und als Marineoffizier war einem dies nicht vergönnt. Lamarre schüttelte seine Schultern als wolle er sich von der Vergangenheit wie von unsichtbaren Krümeln befreien und wandte sich an Gwenn:

»Ich werde Ihnen zeigen, wie wir Gegenwart und Vergangenheit aufeinander abgestimmt haben. Passen Sie gut auf. Er kniff kurz in das Nasenloch der Schönen aus Holz und trat zurück. Die Statue bewegte sich durch einen unsichtbaren, geräuschlosen Mechanismus, drehte sich zur Seite und gab eine Treppe frei, die in die Tiefen der Festung hinab fiel. Lamarre stieg die ersten Stufen hinab, drückte auf einen in der Wand verborgenen Schalter und das Treppenhaus erhellte sich, während er seinen Weg fortsetzte:

»Folgen Sie mir«, sagte er.

Das ließ sich Gwenn nicht zweimal sagen. Die Treppe zählte etwa sechzig Stufen aus Granit. Lamarre setzte seine Erklärungen fort:

»Schauen Sie, als die Marine an diesem Ort ein Museum einrichtete, wurde es erforderlich, Teile der Konstruktion abzutragen und gleichzeitig gewisse historische Elemente zu bewahren. Bei dieser Gelegenheit ist ein genialer Architekt auf diesen Gang gestoßen. Ausgrabungen wurden vorgenommen, und es wurde die Existenz weiterer verborgener Säle in den Tiefen des Fundaments entdeckt. Es war wahrscheinlich ein Vorhaben von *Vauban*, es dem Gouverneur zu ermöglichen, sich dort mit einigen Wachen bis zur Befreiung durch die königlichen Truppen verborgen zu halten.

»Wie kam es, dass diese Verstecke so lange unentdeckt geblieben sind?«

»Genau deshalb, weil sie geheim waren. Nur der jeweilige Gouverneur wusste von ihrer Existenz. Einer der letzten Gouverneure von Ludwig XVI. wurde öffentlich durch das Fallbeil hingerichtet.«

»Was hat man anschließend damit gemacht?«

»Man hätte sie natürlich für den Ausbau unseres Museums nutzbar machen können. Aber der Kommandant hat anders entschieden. Ein Teil der Festung wurde schon beschlagnahmt, um die Präfektur unterzubringen. Es wurde an oberster Stelle entschieden, dass die Marine dort ihre Archive für die gesamte Geschichte der Atlantikflotte unterbringen sollte. Der nicht zu leugnende Vorteil : Die Luft ist sehr trocken, was die Lagerung und den Erhalt der Handschriften vereinfacht.«

»Sie müssen wirkliche Schätze besitzen, vermute ich.«

»Sie können sich nicht vorstellen, von welch außerordentlicher Art die hier gelagerten Dokumente sind. Und noch mehr: alles wurde so digitalisiert, dass es nicht mehr nötig ist, die alten Pergamente herauszuholen. Die potentiellen Forscher können direkt am Bildschirm arbeiten.«

Die beiden Männer gelangten schließlich an das Ende der Treppe, die in einen riesigen Arbeitssaal führte. An den Wänden entlang warteten auf passenden Pulten Reihen von Computern auf ihre möglichen Benutzer. Einige der Tische waren tatsächlich von Matrosen oder Offizieren in Uniform besetzt. Ein langer Tisch thronte in der Mitte des Raumes, wo mehrere mit von der Decke hängenden Kabeln verbundene Drucker darauf warteten, ihre Daten auszuwerfen.

»Hier entlang, Monsieur Rosmadec.«

Commandant Lamarre geleitete ihn in ein verglastes Büro und ließ seinen Gegenüber Platz nehmen.

»Jetzt können Sie mir vielleicht den Grund Ihres Besuches verraten?«

11

Gut zwei Stunden durchpflügte Gwenn jeden Winkel des Bildschirms per Mausklick und scrollte die Geschichte des Marineinfanteristen Fanch Lefort herunter. Er stieß auf den Arbeitsvertrag und die Zuweisung zur Militärakademie, zwei Monate vor seiner ersten Einschiffung auf der *Moselle,* einem Tanker, an Bord dessen er die Aufgaben eines Schutzschiffes bei der Hochseefischerei vor Neufundland kennen lernte. Dann hatte er gerade sechs Monate Übung mit dem Bodenkommando, bevor er wieder mit der *Colbert*, einer Fregatte, die den Flugzeugträger *Foch* begleitete, in See stach. Nach dem Ende dieser Reise war er nach Saigon eingeteilt worden und wurde Sonderbeauftragter für den Schutz des französischen Gouverneurs. Die Berichte bestätigten, dass er ein schweigsamer, aber effizienter Soldat war, der sein Pensum ohne Gemütsregung erfüllte. Dann machte Gwenn eine erstaunliche Entdeckung: Er fand einen medizinischen Bericht und das Protokoll einer Szene, in die Fanch Lefort verwickelt war. Sein Kopfkino setzte ein und in ihm spielte sich folgende Situation ab:

Bei der Gelegenheit, als sein Vorgesetzter zu ihnen in die Hügel stieß, gerieten sie in einen Hinterhalt. Fanch Lefort bewies sehr viel Mut und Entschlossenheit und beschützte nicht nur das Leben des Gouverneurs, sondern schlug auch die Angreifer erfolgreich in die Flucht. Um das zu bewerkstelligen, zögerte er nicht, mit seinem Körper ein Schutzschild zu formen und kaltblütig all diejenigen mit Maschinengewehrfeuer unter Beschuss zu nehmen, die versuchten sich zu nähern. Als man sich aus der Affäre gezogen hatte und die Truppe ihre Situation überprüfte, bemerkte man einen Blutfleck, der sich zwischen den Beinen des Soldaten Lefort ausbreitete, dort, wo der Schaft eines Dolches steckte. Ohne ein Wort zog Fanch den Dolch heraus, setzte sich auf den Boden und wurde ohnmächtig.

Als er wieder erwachte, lag er in einem Bett des Militärkrankenhauses in Saigon und wurde von zwei vietnamesischen Krankenschwestern versorgt. Auf dem Nachttisch ließ man ihm den Dolch. Er blickte sich um, bis er verstand und ihm die Geschichte des Angriffs wieder einfiel, die Flucht der Rebellen, seine Verletzung. Instinktiv hob er das Betttuch, um sich das Ausmaß seines Handicaps anzusehen.

Sein ganzes Becken war mit großen, weißen Binden umwickelt, die nicht die geringste Diagnose zuließen. Außerdem war er unterhalb der Gürtellinie gefühllos.

»Nicht berühren«, sagte eine der Krankenschwestern und zog das Laken wieder zurecht.

Fanch ließ sie gewähren, gewohnt zu gehorchen, wenn die Anweisung von einer echten Autorität stammt.

Der Arzt kam im Laufe des Tages.

»Sie hatten Glück, Soldat Lefort. Der Feind hat sich vermutlich gebückt, um ihren Geschossen auszuweichen, und sein Wurf mit dem Dolch, der wahrscheinlich ins Herz treffen sollte, ist verunglückt und hat sich in ihre Leiste gebohrt. Sehen Sie her!«

Der Mediziner griff nach der verhängnisvollen Waffe auf dem Nachttisch und machte einen sachkundigen Kommentar:

»Feine Klinge, leicht, sehr spitz, sehr ausgewogen. Sie ist zum Fliegen bestimmt und soll sauber töten. Und sie hat auch Schaden angerichtet.«

Der Arzt wartete, ob Fanch eine Reaktion zeigte, aber Fanch, blieb stumm und hüllte sich in Schweigen. Der Mann in Weiß fuhr fort:

»Man hat Sie mit der Limousine des Gouverneurs hergebracht. Das diensthabende Team hat sich Ihrer unverzüglich angenommen und effizient behandelt: die innere Blutung wurde gestoppt und die Wunde vernäht, nachdem die Stichverletzung sorgfältig desinfiziert wurde. In einem Monat sind Sie wieder auf den Beinen.«

Der Arzt wartete wieder auf eine Bemerkung, die nicht kam. Mit verbindlicher und beruhigender Stimme ergänzte er:

»Ich muss Ihnen allerdings mitteilen, dass Sie versehrt bleiben werden.«

Fanch hob die Augenbrauen. Der Arzt sprach weiter:

»Sie können beruhigt sein, diese Behinderung wird unsichtbar bleiben.

Aber sie werden gezwungen sein, gewissen, sagen wir, Freuden des Lebens, zu entsagen.«

Die Blicke von Fanch und dem Mediziner trafen sich. Der Arzt beendete seinen Vortrag mit der Ausführlichkeit, die er für wichtig erachtete und von der er hoffte, sie würde das seelische Leid ein wenig mildern:

»Dieser Dolch hat einen Teil Ihres Geschlechts durchtrennt ... aber, wie ich bereits sagte, auch wenn Sie nun gewisse Freuden des Lebens nicht mehr voll ausnutzen können, muss ich Ihnen zudem sagen, dass wir bei der Durchführung verschiedener Tests, Probeentnahmen und Analysen festgestellt haben, dass Sie an Azoospermie leiden. Anders ausgedrückt: Schon immer, ohne es zu wissen, trugen Sie ein Problem in sich, das verhindert hat, dass Sie Kinder zeugen können.«

Der Mediziner wartete auf eine Reaktion, wieder vergeblich, und verließ schließlich das Zimmer.

Gwenn surfte noch auf den Seiten, um den medizinischen Bericht erneut zu lesen und auszudrucken. Dass Fanch über seine Zeugungsunfähigkeit Bescheid wusste, änderte letztendlich nicht wirklich etwas. Das Entscheidende war für Gwenn, dass er jedenfalls nicht der Vater des Notars sein konnte. Wer also war dann der Vater von Marcel Lefort? War das einer der Gründe, warum man versucht hatte, seine Ermittlungen zu unterbinden? Ein weiteres Problem: War es nötig, *Maître* Lefort die Wahrheit zu verraten?

Commandant Lamarre näherte sich behutsam.

»Nun, *cher* Monsieur, haben Sie Antworten auf Ihre Fragen gefunden?«

»Ach, *Commandant*, wenn Sie wüssten. Eigentlich habe ich jetzt mehr Fragen als zuvor.«

»Das passiert Forschern oft. Sie öffnen die Büchse der Pandora und sind unerwartet noch größer verwirrt. Nun liegt es an Ihnen, das Knäuel zu entwirren.«

»Sagen Sie, *Commandant*, der Soldat Lefort hat die Armee infolge einer Verletzung verlassen. Ich weiß, dass er dann in der Nähe von Birma eine Kautschukfirma aufgebaut hat. Aber Ihre Dokumente bestätigen das nicht. Können Sie mir sagen, wo ich mehr darüber erfahren könnte?«

»Im Allgemeinen finden unsere Archivierungen ein Ende, wenn die Männer ihren Dienst quittieren. Trotzdem, diese Kautschuk-Geschichte in Birma macht mich stutzig. Geben Sie mir einen Augenblick Zeit?«

»Natürlich.«

Commandant Lamarre begab sich zu einem der Computer, öffnete ein Fenster auf dem Bildschirm und gab seinen Namen und ein Passwort ein. Dann tippte er den Namen des Soldaten Lefort sowie seinen Geburts- und Todestag ein. Während er der Sache nachging wartete Gwenn aufmerksam auf einem Stuhl vor dem Tisch mit den Druckern. Schlussendlich schaltete *Commandant* Lamarre den Computer aus und wandte sich Gwenn zu.

»Sie sind da in eine komische Geschichte hineingeraten, Monsieur Rosmadec. Schauen Sie, unser Studienobjekt Soldat Lefort hat zugegebenermaßen die Marine verlassen, aber nur um sich den Reihen der Schattenarmee anzuschließen.«

»Was wollen Sie damit sagen?«

»Dass Fanch Lefort niemals eine Kautschuk-Plantage geleitet hat. Tatsächlich war er Spion im Dienste seines Landes. Die Plantage mag existiert haben, aber sie war nur Tarnung.«

»Aber was hat er in Birma gemacht?«

»Ich bin nicht befugt, Ihnen auf diese Frage zu antworten, Sie verstehen doch, oder? Nichtsdestotrotz, denken Sie einen Augenblick nach. Diese Region ist heute auch unter dem Namen Goldenes Dreieck bekannt. Und was macht man dort?«

»Opiumanbau natürlich. Aber damals hat man es noch nicht in Heroin umgewandelt.«

»Sicher, aber der Handel erwirtschaftete schon damals riesige Summen und die Regierung, die ihn kontrollieren konnte, war in der Lage, unmittelbar jeden Versuch von Waffenhandel und Aufstand niederzuschlagen. Wie glauben Sie hat Ho Chi Min denn seine Truppen aufgerüstet? Ich glaube, ich habe genug gesagt, Monsieur Rosmadec. Den Rest müssen Sie selbst herausfinden, wenn die Zeugen von damals nicht schon alle tot sind.«

»*Commandant* Lamarre, ich bin Ihnen überaus dankbar. Sie haben mir sehr geholfen. Darf ich Sie noch um einen letzten Gefallen bitten?«

»Wenn ich ihn erfüllen kann!«

»Können Sie prüfen, ob es in Leforts zweitem Leben eine Verbindung zu einem gewissen Goffic gab.«

Der Offizier drehte sich zu seinem Computer zurück, nahm diverse Handgriffe mit der Computermaus vor, wandte sich wieder an Gwenn und nickte.

»Die Antwort ist Ja, Monsieur Rosmadec, aber ich kann Ihnen nicht viel mehr sagen als dass er nicht lange mit Fanch zusammenblieb und schon nach kurzer Zeit in sein ziviles Leben zurückgekehrt ist. Nun wünsche ich Ihnen viel Erfolg bei Ihrem Unterfangen. Aber seien sie vorsichtig. Geschäfte, die sich um den Handel mit Drogen drehen, ziehen die Begehrlichkeiten von Haien auf sich und die kennen kein Erbarmen. Ich hoffe bis bald, Monsieur Rosmadec.«

12

Auf der Schnellstraße, die nach *Quimper* zurückführte versuchte Gwenn seine Gedanken zu sortieren und seine neuen Erkenntnisse sinnvoll einzuordnen.

»Also, Fanch Lefort ist nicht der Vater des Notars. Aber er hat sich zu dem Kind bekannt und hat alle Anstrengungen unternommen, sich um seine Erziehung zu kümmern. Goffic war wohl der Partner von Fanch, um fragwürdige Geschäfte aufzuziehen, und er war Träger eines Geheimnisses für das man ihn umgebracht hat. Marie Cloarec hat regelmäßig Geld von ihrem Ehemann erhalten und zudem eine schöne Erbschaft aus dem Verkauf einer Kautschukplantage gemacht. Aber höchstwahrscheinlich wurde diese Plantage vom französischen Geheimdienst unterhalten. Deswegen konnte Marie Cloarec sie auch nicht erben. Woher stammte die Erbschaft? Gut, ich muss nun versuchen herauszufinden, was wirklich in Birma passiert ist. Und es wird Zeit, dass ich Marie Cloarec und Malo Louarn einen Besuch abstatte. Ich beginne langsam etwas klarer zu sehen. Trotzdem weiß ich nur zu gut, dass ich dem Notar im Augenblick noch nichts von seiner Abstammung erzählen werde.«

Täler und Hügel reihten sich aneinender, bisweilen bedeckt von Baumgruppen aus Tannen und Kastanienbäumen. Stück für Stück bezeugten einzelne, abgeschiedene Bauernhöfe der Region von *Monts d'Arrée* menschliche Existenz, bevorzugter Ort der Untoten, der *Ankou*. Hernach trat die vielfältige Schönheit der südlichen *Cornouaille* ans Licht. Bald wurde der Autobahnzubringer *Quimper* Süd angezeigt, und Gwenn drosselte vergnügt seine Geschwindigkeit. Er hielt sich Richtung Zentrum zum Ufer des *Steir*, einem Nebenfluss des *Odet*, wo sich das große Gebäude, das das Seniorenheim *Les Hortensias Bleus* beherbergte, erhob.

Eine hohe Mauer aus Granit ragte empor, um entweder Besucher oder Eindringlinge abzuwehren. Gwenn fragte sich, ob diese Festung dazu bestimmt war, ihre Bewohner zu beschützen, oder sie am Ausgang zu hindern. Eine schwere Eichentüre, übersät mit schwarzen Nägeln, diente als Ersatz für den Portier. Gwenn drückte fest auf den Klingelknopf und wartete. Eine strenge Stimme fragte nach seinem Namen und dem Grund seines Besuches.

»Gwenn Rosmadec. Ich habe einen Termin bei Monsieur Malo Louarn.«

Die Stimme wurde weicher.

»*Oui*, Monsieur Rosmadec. Treten Sie ein!«

Im selben Augenblick schwenkte die Türe geräuschlos

nach innen und gab den Blick frei auf einen prächtigen, mit Blumen und Bäumen bepflanzten Garten. Die Pensionäre spazierten dort, einige im Rollstuhl, andere in Gruppen, oft begleitet von Personal in weißen Kitteln. Weiter hinten im Garten stand das Haus, der ehemalige Familiensitz des Reeders, ganz in blauem Granit, zur Altersresidenz umgebaut.

Eine Person erschien auf der Außentreppe und wartete, bis Gwenn die Distanz vom Eingang des Gebäudes zurückgelegt hatte. Lächelnd, jovial, im dreiteiligen Anzug trug er die Ausstrahlung eines begüterten Fünfzigjährigen zur Schau.

»*Bonjour,* Monsieur Rosmadec. Ich bin Malo Louarn. Herzlich Willkommen in den *Hortensias Bleus.*«

»*Bonjour,* Monsieur Louarn. Es freut mich, Ihre Bekanntschaft zu machen.«

»Folgen Sie mir.«

Der Direktor des Altersheims wich zur Seite, um seinen Besucher eintreten zu lassen und begab sich dann in die großzügige Eingangshalle, die in mehrere Gänge mündete. Im Haus herrschte eine friedliche Stimmung. Die beiden Männer begegneten Krankenschwestern und Reinigungskräften.

»Es scheint sich hier gut leben zu lassen?«

»Vielen Dank für das Kompliment. Wir bemühen uns nach Kräften, diesen Ort für unsere Bewohner so angenehm wie möglich zu gestalten. Bitte treten Sie ein!«

Malo Louarn öffnete die Türe zu dem Raum, der sein Büro zu sein schien, denn sein Name und sein Direktorentitel waren in ein kupfernes Schild eingraviert.

Tatsächlich thronte in der Mitte des Raumes ein

massiver Holztisch, bedeckt mit ordentlich gestapelten Akten und einem Laptop, von dem ein Strang Kabel wegführte. Am Rand stand ein Windlicht, das vermutlich einmal das Deck eines alten Schiffes erleuchtet hatte. Sessel aus altem englischem Leder standen auf beiden Seiten. Angenehme Musik erklang aus unsichtbaren Lautsprechern. Malo Louarn bot Gwenn an, Platz zu nehmen, während er auf eine Sprechanlage vor sich drückte:

»Irischer Whisky, Monsieur Rosmadec? Ich habe einen exzellenten, fünfzehn Jahr alt.«

»Warum nicht«, antwortete Gwenn und lächelte. »Trocken und ohne Eis.«

»Sie sind ein Kenner, Monsieur Rosmadec.«

»Wohl wahr, ich schätze die Weichheit des irischen Whisky auf der Zunge. Wussten Sie, dass er dreimal destilliert wird, was ihm diesen einzigartigen Geschmack verleiht.«

»Ich sehe, wir verstehen uns!«

Malo Louarn wandte sich der Sprechanlage zu und orderte zwei Gläser seiner außergewöhnlichen Reserve. Eine Türe, seitlich in der Wand verborgen, öffnete sich vor einem jungen Mädchen mit einem Tablett mit zwei Gläsern, zu einem Drittel mit einer bernsteinfarbenen Flüssigkeit gefüllt.

Die beiden Männer nahmen sich Zeit zu verkosten, was die alten Kelten heiliges Wasser getauft hatten. Zweifelsohne war dieses Erzeugnis überwältigend. Gwenn schnalzte freudig mit der Zunge, um dem Trank die letzten Moleküle zu entlocken und wandte sich dann an seinen Gesprächspartner.

»*Merci*, dass Sie mich so herzlich empfangen haben,

Monsieur Louarn, wo Sie doch so viel beschäftigt sein müssen.«

»Meine Familie ist seit langer Zeit mit der Familie von *Maître* Lefort bekannt. Als er mir von seinem Projekt erzählte, gab ich ihm sofort meine Zustimmung, Ihnen alle nötigen Informationen für Ihre Ermittlungen zukommen zu lassen.«

»Es handelt sich vor allem um seine Mutter, Marie Cloarec, die ich kennenlernen möchte, aber Ihre Informationen könnten mir natürlich auch nützlich sein. Erzählen Sie mir doch die Umstände, unter denen sich Ihre Familie und die Familie von Marie Cloarec kennengelernt haben.«

»Das ist recht einfach: mein Vater war Arzt, Marie war eine seiner Patientinnen.«

»In *Quimper*?«

»Ganz genau. Sie werden mir jetzt sicher entgegenhalten, dass ein Arzt keine Freundschaft zu seinen Patienten unterhalten sollte. Allerdings stammten sie beide aus den *Pays Bigouden*. Und das schafft Beziehungen, ob sie wollen oder nicht, die über das einfache Arzt-Patienten-Verhältnis hinausreichen.«

»Und das führte dann dazu, dass sie häufig Kontakt hatten.«

»Ja, Marcel Lefort und ich sind zusammen aufgewachsen. Wir haben bis zum Abitur dieselben Schulen besucht. Marcel hat dann Rechtswissenschaften studiert, während ich eine Ausbildung zum Krankenpfleger begann.«

»Und Sie sind Direktor eines Seniorenheimes geworden. Glückwunsch!«

»Eigentlich war es mein Vater, der dieses Haus

eröffnet und bis zu seinem Tod vor einigen Jahren geleitet hat. Ich habe dann natürlich seine Nachfolge angetreten.«

»Wie hieß Ihr Vater?«

»Warum diese Frage?«

»Ganz einfach, für meinen Bericht an *Maître* Lefort. Sehen Sie darin bitte nichts Böses.«

Malo Louarn verzog für einen kurzen Moment sein Gesicht und sagte dann:

»Goulven; Goulven Louarn.«

»Erzählen Sie mir von Marie. Wann ist sie hier eingezogen? Wie ist ihr Gesundheitszustand?«

Malo Louarn nahm einen tiefen Atemzug, hob die Augen kurz gen Himmel, als ob er von dort Atem schöpfte, und blickte zu Gwenn:

»Das sind nun schon fünfzehn Jahre, dass Marie Cloarec bei uns ist. Es war mein Vater, der darauf bestand, sie hierher zu holen. Sehen Sie, sie lebte ganz alleine in einer kleinen Wohnung in *Quimper*. Ihre Gesundheit begann sich zu verschlechtern. Wir haben ihr also vorgeschlagen, hierher zu kommen, aber sie hat abgelehnt. Ihr Sohn hat das Ausmaß der Sache erkannt und es gelang ihm sie zu überzeugen. Allerdings hat sie nur unter der Bedingung eingewilligt, ihre eigenen Möbel mitbringen zu dürfen. Sie hatte nicht viele Dinge, es war kaum der Rede wert, ihre Habe hierher zu bringen und sie in ihr Appartement einzuräumen.«

»Und ihre Gesundheit? An was leidet sie genau?«

»Allmählicher Verlust des Gedächtnisses, Verlust der Orientierung; sie muss regelmäßig überwacht werden, denn sie vergisst, wo sie ist und was sie tun soll. Einmal ging sie zur Türe hinaus, ließ sie für einen

Lieferanten offen und wir haben sie erst nach drei Stunden wieder gefunden. Sie war nur in *Quimper*, suchte offensichtlich den Weg zu ihrem alten Haus.«

»Kann ich sie treffen?«

»Hand aufs Herz, das scheint mir nicht vernünftig. In ihrem Alter braucht sie viel Ruhe.«

»Daran habe ich nicht den leisesten Zweifel. Allerdings scheint es mir, dass mein Auftrag voraussetzt, dass ich sie sehe. Sie verfügt über Informationen, die für mich von hohem Nutzen sind.«

»Ich befürchte, dass die arme, alte Dame nicht imstande sein wird, Ihre Erwartungen zu erfüllen. Aber ich verfüge über alle betreffenden Informationen, nicht nur über den ärztlichen Plan, auch über ihr Privatleben.«

Gwenn, angeregt durch den Whisky, spürte seinen Magen sich verkrampfen, während seine Augen sich in Falten legten.

»Gestatten Sie mir, dass ich darauf bestehe. Soweit ich weiß, ist sie nicht sterbenskrank!«

Malo Louarn hörte die Kälte im Tonfall seines Gesprächspartners heraus.

Er versuchte einen Gegenangriff:

»Sehen Sie Monsieur Rosmadec, ich kann gewiss auf alle Ihre Fragen antworten. Lassen Sie Marie in Frieden, in ihrem Zustand...«

Gwenn unterbrach ihn schroff:

»Welcher Zustand? Ihr Sohn, der sie vor ein paar Tagen gesehen hat, hat mir versichert, es gehe ihr gut.«

Malo Louarn presste seine Lippen zusammen, aber versuchte sich nichts anmerken zu lassen.

»Selbstverständlich. Ich verstehe Sie. Ich werde Sie zu ihrem Appartement begleiten. Aber ich bitte Sie, sie nicht zu strapazieren.«

Es hörte sich beinahe nach einer Drohung an, wie Malo Louarn sich ausgedrückt hatte. Der Ton des jovialen und liebenswürdigen Direktors war einer kalten, distanzierten, von Argwohn und Anspannung gefärbten Stimme gewichen. Gwenn nahm im Geiste Notiz von diesem Wandel, während er ihm durch die Gänge des großen Hauses folgte.

13

Das Zimmer, adrett, im ersten Stock gelegen, ging zum Garten hinaus. Ein massives, von einer dicken Daunendecke bedecktes Bett füllte die Mitte des Zimmers aus. An der Wand stand ein halbkreisförmiger Tisch mit einer weißen Spitzendecke, darauf das Foto eines jungen Mädchens mit der typischen Haube der *Pays Bigouden.* Das Zimmer war eingehüllt in Dämmerlicht. Ein Lichtstrahl fiel vom offenen Fenster auf einen großen Korbsessel, in dem eine alte Dame schlummerte. Ihr Gesicht, runzelig wie ein auf der Wiese vergessener Mostapfel, schien sich dem in Blüte stehenden Baum zuzuwenden, der ihr den Blick versperrte. Sah sie ihn wirklich? Ihre Augen, faltig wie die eines alten Matrosen, der zuviel Zeit damit zugebracht hatte, den Horizont abzusuchen, versteckten sich hinter langen Wimpern und einer dicken, leicht getönten Brille. Ein großer, grauer, von einem schwarzen Band gehaltener Haarknoten bewies eine volle Haarpracht, die Jahre zuvor die Spitzenhaube getragen haben musste. Marie Cloarec, denn sie war es zweifelsohne, trug ein schwarzes Kleid und eine ausgefallene, violett schimmernde Stola über ihren Schultern. Malo Louarn näherte sich behutsam, erhob die Stimme und sagte:

»*Bonjour* Marie! Ich bin es, Malo. Wie geht es uns heute?«

Er wandte sich zu Gwenn, zwinkerte ihm zu und fügte hinzu:

»Sie ist etwas schwerhörig.«

Dann fuhr er fort:

»Marie, ich darf Ihnen einen Freund vorstellen, Gwenn Rosmadec.«

Die kleine Alte wandte sich etwas misstrauisch an den Neuankömmling und sagte mit stark bretonischem Akzent und charakteristischer Redensart:

»Wer sind Sie?«

»Ein Freund von Marcel, Madame Cloarec. Ich komme statt seiner.«

»Oh, Sie sind ein Freund von meinem kleinen Marcel! Wie geht es ihm?«

»Es geht ihm gut. Er bat mich, Ihnen Grüße auszurichten.«

»Marcel ist so artig.«

Malo Louarn schaltete sich ein:

»Und Sie sind glücklich hier, Marie, es fehlt Ihnen an nichts, wir lesen Ihnen jeden Wunsch von den Augen ab.«

Gwenn übernahm wieder die Führung:

»Madame Cloarec, ich möchte die Geschichte Ihrer Familie aufschreiben, um Marcel eine Freude zu machen. Erinnern Sie sich an den Hof in *Tréogat*?«

Sie kniff erneut die Augen zusammen, um am Ende des Lichtstrahls ein seit langer Zeit in den Tiefen ihres Gedächtnisses vergrabenes Bild zu erkennen.

»Ja, ja, ich erinnere mich, die Obstbaumwiese, der Gemüsegarten, man hat gute Suppen mit unserem Lauch gemacht. Mein kleiner Bauernhof auf dem Land, so hübsch mit seinem Strohdach.«

»Hatten Sie Freunde in *Tréogat*?«

»Ja, ja, junge Männer, die kamen, um mir den Hof zu machen, aber ich wollte keinen von ihnen!«

»Erinnern Sie sich an Ihren Ehemann?«

»Meinen Mann? Ich hatte keinen Mann!«

»Fanch, Fanch Lefort!«

»*Ah, oui*, Fanch. Ein guter Kerl, ein guter Kerl...«

»Er hatte Sie gern?«

»So gesehen, ja. Er hat mir ein paar Groschen geschickt, die er nicht in der Kneipe vertrunken hatte.«

Gwenn wagte es, die Frage zu stellen, die ihm auf der Zunge brannte:

»Sagen Sie, Fanch, war er wirklich der Vater von Marcel?«

Malo Louarn reagierte wie auf Knopfdruck:

»Selbstverständlich war er sein Vater!«

Und mit leiser Stimme fügte er hinzu:

»Sagen Sie nicht solche Sachen zu Ihr, haben Sie keinen Respekt vor einer alten Dame?«

Ungerührt fuhr Gwenn fort:

»Und Marcels Geburt, das war hart für Sie, ganz allein auf dem Hof!«

»Oh nein, der Heiler hat mir geholfen.«

Etwas überrascht versuchte Gwenn nachzubohren:

»Von welchem Heiler sprechen Sie?«

»Vom *Mage de Lanildut*, dem Heiler aus *Lanildut*, er war es ...«

Der Direktor der Einrichtung legte seine Hand auf Marie Cloarecs Schulter und intervenierte erneut:

»Ruhig, Marie, ganz ruhig.«

Und an Gwenn gerichtet:

»Sehen Sie, sie ist nicht mehr im Besitz ihrer geistigen Kräfte.«

Malo Louarn näherte sich dem Bett und drückte auf die Ruftaste. Einige Augenblicke später erschienen zwei Krankenschwestern und hoben die alte Frau behutsam in das Bett, während eine der beiden ihr flink eine intravenöse Spritze setzte. Marie Cloarec schlief beinahe augenblicklich ein. Malo Louarn nahm Gwenn daraufhin fest am Arm und zog ihn hinaus auf den Flur.

»Sie hat ein schwaches Herz, in ihrem Alter, und Sie sehen, sie hat nichts von Bedeutung gesagt. Ich hoffe Ihre Brüskierung wird keine weiteren Begleiterscheinungen haben, Sie gestatten, Ihre Einstellung ist beklagenswert. Ich werde *Maître* Lefort davon unterrichten müssen. Sie wollen sich verabschieden, Monsieur Rosmadec, und vermeiden Sie, in Zukunft hier noch einmal vorstellig zu werden, Sie werden hier nicht mehr willkommen sein.«

Gwenn hob die Schultern und nahm den Weg zurück zum Ausgang.

Gerade als er durch die große Türe ging, lief er einem alten Mann mit einem Stock über den Weg. Gwenn trat zur Seite, um ihn einzulassen, aber er kam näher und steckte ihm ein zusammengerolltes Blatt Papier zu.

Dann setzte er seinen Weg durch den Garten fort, ohne ein Wort zu sagen.

Etwas verdutzt steckte er das zerknitterte Papier in seine Tasche und kehrte zu seinem Auto zurück. Er fuhr rasch vom Gelände des Altersheims und parkte dann in der Nähe der Markthalle, wo er die Papierkugel des alten Mannes glatt strich. Eine sorgfältige Handschrift, mit geschwungenen und vollen Bögen, wie man in früheren Zeiten geschrieben hatte:

»Sie sind im Begriff, sie zu töten; wenn Sie ihr helfen wollen, rufen Sie mich heute Abend nach acht Uhr an« . Der Text endete mit einer Mobiltelefonnummer.

»Ah, da schau einer an!« , sagte Gwenn zu sich.

Er faltete das Papier ordentlich zusammen, steckte es in seine Brieftasche und setzte den Weg zu seinem Heimathafen fort.

14

Die Einschüchterungsmethode, die darin bestand Schuldgefühle bei seinem Gesprächspartner zu erregen, war Gwenn nicht entgangen. Malo Louarn war bestrebt, die Redefreiheit der alten Dame zu verhindern und legte Wert darauf, Gwenn für die Situation verantwortlich zu machen. Auch wenn er sich dieses Phänomens bewusst war, ein Teil seines Unterbewusstseins, eine tiefgründige Stimme mahnte ihn, seinem Ärger freien Lauf zu lassen.

Eine andere Stimme allerdings, die Stimme der Erfahrung, erinnerte ihn daran, dass Malo Louarn offenkundig eines der Puzzleteile war, das es einzuordnen galt. Der Direktor der *Hortensias Bleus* hatte etwas zu fürchten, oder etwas zu verheimlichen. Außerdem weckte die geheimnisvolle Nachricht, die ihm von dem Alten zugesteckt worden war, seine Neugier.

Es bedurfte zwei Klingelzeichen, gefolgt von zwei Leerzeichen, der mit Soazic vereinbarte Code, sich erkennen zu geben. Seit den letzten Ereignissen, auch wenn sie nicht bewiesen waren, hatte Soazic Angst und er musste sie beruhigen.

Die Türe öffnete sich. Gwenn umarmte seine Frau und schob sie zärtlich zum Ledersofa, wo er ihr einen Wodka-Orange reichte. Er legte eine CD mit klassischer Musik in den CD-Spieler, setzte sich ihr gegenüber und erzählte von den verschiedenen Stationen seines Tages.

»Ich habe mehr und mehr Zweifel an der Aufrichtigkeit dieses Louarn.«

»Versuche Thierry anzurufen. Vielleicht weiß er Rat.«

»Du hast Recht. Daran hätte ich schon früher denken sollen.«

Thierry Rosmadec war Gwenns Cousin. Er hatte den Posten des Direktors des Universitätskrankenhauses in Rennes inne. Sein beruflicher Werdegang, begleitet von Beharrlichkeit, führte ihn zunächst in seiner Funktion als Krankenpfleger in ein psychiatrisches Krankenhaus. Er übernahm die Nachtwachen, um seine Kurse belegen zu können und sich für die Aufnahmeprüfung vorzubereiten. Klug und fleißig, wie er war, gelangte er zu Erfolg, und erklomm entgegen aller Erwartungen die Karriereleiter in der Behördenhierarchie des Krankenhauses. Die beiden Cousins hatten sich aus den Augen verloren, solange Gwenn in der Weltgeschichte umherreiste. Aber sie fanden sich wieder, als Gwenn in der Bretagne sesshaft wurde und schätzten sich wechselseitig sehr.

Gwenn nahm den Hörer ab und wählte die Nummer des Büros seines Cousins. Eine weibliche Stimme meldete sich:

»Hallo?«

»*Bonjour,* Mademoiselle, ich würde gerne mit Monsieur Rosmadec sprechen.«

»Wer ist am Apparat?«

»Monsieur Rosmadec.«

Gwenn und sein Cousin hatten die gleiche Art von Humor. Für gewöhnlich schloss sich ein kurzer Moment der Verwirrung beim jeweiligen Gesprächspartner an, und Gwenn oder Thierry kosteten die Geschichte aus, bis sie ihren Vornamen klarstellten.

»Hallo, Monsieur Rosmadec?«

»Höchstselbst, wie geht es ihnen, Monsieur Rosmadec?«

Beide brachen in Lachen aus. Gwenn fand zurück zu einem ernsthaften Ton und erklärte:

»Thierry, Du kennst meinen aktuellen Job.«

»*Oui*, natürlich. Und Du willst von mir Informationen über einen Deiner Klienten?«

»Gewonnen! Stell' Dir vor, ich hole über die Vergangenheit einer alten Dame, Marie Cloarec, Erkundigungen ein und ich wüsste gerne, ob Du mir ein paar Einzelheiten über ihre medizinische Vergangenheit verraten könntest.«

»Ich könnte ihre Krankenakte anfordern, wenn sie sich hier nicht wegbewegt hat, aber aus Datenschutzgründen darf ich Dir darüber nichts sagen.«

»Das ist mir bewusst. Wobei, wenn Du in der Akte Ungereimtheiten entdeckst, kannst Du mich dann daran teilhaben lassen?«

»Das wird sich machen lassen.«

»Außerdem würde ich gerne etwas mehr über den Direktor des Altersheims *Hortensias Bleus* in *Quimper* erfahren.«

»Und was möchtest Du da wissen?«

»Er ist verantwortlich für ein ärztliches Zentrum und steht damit unter der Kontrolle der Aufsichtsbehörde des Gesundheitsamtes. Ich würde gerne wissen, ob es jemals Zwischenfälle bei den Abläufen in diesem Hause gab. Und wenn Du weitere Informationen über den guten Mann zusammentragen könntest, wäre ich Abnehmer, solange es nicht gegen Deinen Gerechtigkeitssinn verstößt.«

Gwenn hörte ein kleines Lachen am Ende der Leitung heraus.

»Ok, Du kannst Dich auf mich verlassen.«

»Wann kommst Du wieder einmal nach *Sainte-Marine*?

»Ich weiß es momentan nicht, aber Du hast Recht, es täte mir gut; alle sind zur Zeit im Stress. Zwischen den normalen Kranken, den Touristen auf der Durchreise, die weder Französisch, noch Englisch sprechen, den Unfällen auf den Straßen, die stetig zunehmen, den schlecht gelaunten Krankenpflegern hätte ich Lust auf etwas Ruhe. Du weißt nicht, wie gut Du es hast, dort leben zu dürfen!«

»Das weiß ich sehr wohl, stell Dir vor. Vielen Dank, Thierry. Das Haus steht Dir jederzeit offen.«

Kenavo!

15

Gwenn wartete die angegebene Zeit ab und wählte dann die Mobiltelefonnummer des kleinen, alten Mannes.

Eine eher junge, weibliche Stimme meldete sich:

»Hallo, wünschen Sie Monsieur Le Borge zu sprechen?«

Gwenn vermutete, es handele sich um den Namen des Alten obwohl er sehr erstaunt war, ihn nicht direkt an der Leitung zu haben.

»Ja, genau.«

»Ich bedauere zutiefst, aber Monsieur Le Borge kann nicht ans Telefon.«

»Und warum das, Mademoiselle?«

»Weil er tot ist, Monsieur.«

»Wie?«

»Ich bin die Krankenschwester, die bei ihm eingeteilt ist. Es schien ihm sehr gut zu gehen, auch wenn es den Anschein hatte, als sei er etwas müde, aber als ich ihm heute sein Abendessen brachte, fand ich ihn ausgestreckt auf seinem Bett. Herzanfall. Monsieur Louarn hat mich beauftragt ranzugehen, sollte sein Telefon läuten. Sie sind von seiner Familie, nicht wahr?«

»*Oui, oui. Merci* Mademoiselle.«

»Sehr gerne, Monsieur. Und glauben Sie mir, ich bin ehrlich untröstlich. Ich mochte Monsieur Le Borge sehr.«

»Wir haben ihn alle geliebt, vielen Dank Mademoiselle.«

Gwenn legte verdutzt auf. Sein Gehirn begann sofort zu arbeiten.

Was hat es mit dieser Geschichte auf sich? Was hat es mit diesem schnellen Tod auf sich? Ein natürlicher Tod? Mord? Dieses Haus birgt ein Geheimnis. Und immer mehr hat es den Anschein, dass sich der Schlüssel zu meinen Recherchen dort befindet.

16

»Monsieur Rosmadec, ich wünsche, dass Sie so schnell wie möglich zu einer Besprechung vorbeikommen.«

Die Stimme des Notars klang trocken, wenn auch durch den Anrufbeantworter gedämpft. Gwenn mochte diesen Befehlston nicht, auch wenn es ein Kunde war. Dennoch begab er sich schon am nächsten Morgen zum Büro von Marcel Lefort.

Der Empfang durch die alte Sekretärin war weniger eisig als gewöhnlich. Im Gegenteil, Gwenn glaubte versteckte Ironie hinter ihrem Make-up und ihrem Lidschatten zu bemerken.

Sie führte Gwenn umgehend in das Büro ihres Chefs und entfernte sich auf Zehenspitzen.

Gwenn hatte nicht die Absicht, sich täuschen zu lassen, hörte aber höflich zu, was Marcel Lefort ihm zu sagen hatte.

»Monsieur Rosmadec, ich habe einen Scheck für

Sie vorbereiten lassen, der alle Ihre Ausgaben deckten sollte, und ich würde es begrüßen, wenn Sie hier einen Schlussstrich zögen.«

»Darf ich den Grund für diese Entscheidung erfahren?«

Der Notar setzte eine gelangweilte Mine auf.

»Hören Sie zu, als ich Sie gebeten habe meine Mutter aufzusuchen, habe ich nicht gewusst, in welchem Maße diese Prüfung sie strapazieren würde. Auf den Rat von Monsieur Louarn hin scheint es mir im Augenblick vonnöten, sie nicht mehr zu quälen. Dann habe ich eben Pech gehabt und meine Fragen bleiben unbeantwortet.«

»Also hat Monsieur Louarn sich über mich beschwert?«

Der kleine, kahlköpfige Mann wirkte noch kleiner in seinem Sessel.

»Wie ich gehört habe, war meine Mutter schier traumatisiert von Ihren Fragen und er möchte nicht, dass Sie seine Einrichtung noch einmal betreten.«

»Und was macht Sie glauben, ich hätte ein solches Benehmen an den Tag gelegt?«

»Oh, ich denke, dass Sie sich vielleicht die Situation nicht klar gemacht haben, die Anfälligkeit der Gesundheit meiner Mutter. Im Übrigen muss ich gestehen, dass ich selbst ihre Ermüdung bis zu einem gewissen Punkt übersehen habe.«

»Das ist ausschließlich die Ansicht einer einzigen Person, die im Widerspruch zu meinen Wahrnehmungen steht. Das ist ein wenig verletzend, *Maître*. Das läuft auf pure Verleumdung hinaus, das ist strafbar.«

»Beruhigen Sie sich, Monsieur Rosmadec. Ich

beschuldige Sie nicht. Ich denke sogar, dass Sie ein ausgezeichneter Fachmann sind. Ich habe auch den Rat von Marie-Jeanne berücksichtigt, falls Sie das etwas beschwichtigen kann.«

»Wer ist Marie-Jeanne?«

»Meine Sekretärin natürlich. Während der vielen Jahre, die wir inzwischen zusammenarbeiten, kann ich mich auf ihre weibliche Intuition verlassen und mich in schwierigen Situationen wie dieser von ihr leiten lassen.«

»Ihre Sekretärin ist sicher eine gute Beraterin, *Maître*. Aber ich muss Ihnen sagen, dass die Bemerkungen, die Sie gemacht haben, der Fantasie entspringen. Zudem, und entschuldigen Sie bitte, dass ich Ihnen nicht schon eher davon berichtet habe, muss ich Ihnen zu meinem Bedauern mitteilen, dass Fanch Lefort nicht Ihr Vater ist.«

Das Gesicht des Notars brachte allergrößte Überraschung zum Ausdruck.

Gwenn hatte die Wirkung gezielt vorbereitet und spürte, wie er nun wieder die Oberhand gewann. Er fuhr fort:

»Ich darf Sie daran erinnern, dass wir es mit Mord zu tun haben und, ob Sie es wollen oder nicht, ist Ihre Vergangenheit inzwischen Teil der Ermittlungen der Gendarmerie.«

Maître Lefort war mittlerweile fassungslos. Gwenn brachte ihm alles nahe, was er über die Vergangenheit des Soldaten Lefort in Erfahrung bringen konnte und schloss mit der Bemerkung:

»Sie sehen, *Maître*, selbst wenn man nun aufhören würde zu ermitteln, wäre meine Familie insofern nicht vor denen geschützt, die uns schaden wollen.«

Gwenn betonte das »Uns« . Der Notar war verwirrt. Er stammelte:

»Hören wir mit allem auf und es wird keine Probleme mehr geben.«

»Sie täuschen sich, *Maître*. Wir haben den Finger in eine Wunde gelegt. Ich habe die feste Absicht herauszufinden, was in der Vergangenheit geschah. Und ich empfehle Ihnen, meine Vorgehensweise zu unterstützen.«

Der Notar war geschlagen und sagte hastig:

»Nun gut, was haben Sie vor?«

»Kommt es vor, dass Ihre Mutter mit Ihnen das Altersheim verlässt?«

»Ja, wir gehen oft am Meer spazieren.«

»Wann?«

»In der Regel einmal im Monat, am dritten Sonntag des Monats.«

»Das ist dann bald. Hören Sie zu *Maître*, kennen Sie den Küstenweg, der vom Strand von *Cabellou* wegführt, in der Nähe von *Concarneau*?«

»Ja, natürlich.«

»Ihren nächsten Spaziergang werden Sie dort machen; auf dem Weg befindet sich eine verlassene Mühle am Meer mit robusten Mauern. Ich werde dort auf Sie und Ihre Mutter warten und wir können sie zusammen befragen.«

Der Notar war im Begriff zu antworten, aber Gwenn bedeutete ihm zu schweigen, während er seinen Zeigefinger auf den Mund legte. Er schlich leise zur Türe und riss sie unerwartet auf. Marie-Jeanne, deren Ohr offensichtlich an der Türe geklebt hatte, erschrak, hatte sich aber sehr schnell wieder im Griff.

»Brauchen Sie etwas, *Maître*?«

»Nein danke, Marie-Jeanne, würden Sie Monsieur Rosmadec bitte hinausbegleiten. Und informieren Sie bitte Monsieur Louarn, dass ich wie gewöhnlich am kommenden Sonntag vorbeikomme und meine Mutter abhole.«

Im Flur versuchte Gwenn den Drachen durch Schmeicheleien zu besänftigen.

»Das ist eine lange Zeit, die Sie schon für *Maître* Lefort arbeiten?«

»Eine sehr lange Zeit. Auf Wiedersehen, Monsieur Rosmadec.«

Sie trat zur Seite und ließ Gwenn vorbei. Die Ironie beim Empfang war verschwunden. Es blieb nichts, als der glatte, kalte und gleichgültige Ausdruck in ihren geschminkten Augen, hinter denen ein imaginäres, rasierklingenscharfes Messer zum Angriff bereit schien.

17

Auf dem Rückweg hinterfragte Gwenn das Verhalten der alten Sekretärin. Ungesunde Neugierde? Persönliches Interesse? Wollte sie ihren Chef beschützen? Was trieb Marie-Jeanne an, diese Affäre so intensiv weiterzuverfolgen? Vielleicht so etwas wie eine alte Gewohnheit, aus der Zeit, als der Drachen noch die Besucher des Notars schulmeistern konnte. Eine alberne Idee husche dabei durch seine Gedanken. Sein Mobiltelefon erinnerte ihn an die Wirklichkeit. Das Bluetooth-System, mit dem sein Auto serienmäßig ausgestattet war, schaltete sich sofort ein.

»Hallo Gwenn? Hier spricht Thierry.«

»*Salut* Thierry, wie geht es?«

»Ich tue so, als sei ich in diesem Augenblick am Strand in *Sainte-Marine*. Übrigens werde ich mich vielleicht mit einem Wochenende in Deiner hochherrschaftlichen Residenz beschenken.«

»Meine Behausung ist bescheiden, aber Du weißt

natürlich, dass Du jederzeit willkommen bist. Sag' mir, wann ich das Vergnügen habe, Dich am Ende der Wellen begrüßen zu können?«

»Du erinnerst Dich, mich um Recherchen in einer Deiner Angelegenheiten gebeten zu haben, nicht wahr?«

Gwenn lächelte in sich hinein. Wie gewöhnlich war Thierry schnell, effizient und diskret:

»Ich höre.«

»Zunächst, was Marie Cloarec betrifft.«

Thierry legte eine Pause ein, um sich zu räuspern und fuhr dann fort:

»Ich hatte große Schwierigkeiten, überhaupt eine Spur ihrer Existenz zu finden. Aber ich habe meine Spürhunde auf die Suche in ihren jeweiligen Archiven geschickt, und letztlich war es mein Kollege aus *Quimper*, der eine alte Geschichte ausgegraben hat. Marie Cloarec war wegen Gelenkschmerzen ins Krankenhaus gekommen. Sie hat vermutlich bis zum Ende gewartet, denn gemäß des Berichts des Rheumatologen muss sie wahrscheinlich ein Martyrium durchlitten haben. Sie haben die Sache mit hoch dosierten Entzündungshemmern behandelt, aber da das Hüftgelenk zu angeschlagen war, mussten sie sie operieren und es durch ein künstliches Gelenk aus Metall ersetzen. Das bedeutete, sie war dazu verdonnert am Stock zu gehen. Zur damaligen Zeit gab es eine Assistenzärztin, die sich für den Fall interessiert hat, und im Rahmen ihrer Nachforschungen hat sie ihren Fall auf Herz und Nieren geprüft. Das ist der Grund, warum sie darauf gestoßen ist, dass ihr Problem mit der Hüfte schon viel früher begonnen hatte: Stell Dir vor, als sie noch jung war, ist sie von einer Kutsche gefallen und wurde von dem angeschirrten Pferd regelrecht zertrampelt. Wegen ihrer robusten Konstitution ist sie davongekommen. Andere hätten das keine zwei Tage ausgehalten, aber ihre Gebärmutter ist dabei verletzt worden.«

»Was willst Du damit sagen?«

Gwenn hatte nur zu gut verstanden, aber er wollte die Information bestätigt haben.

»Ich will damit sagen, dass sie nicht in der Lage war, Kinder zu bekommen.«

»Sie hat sich deshalb nie behandeln lassen?«

»Falls sie es getan hat, liegt es außerhalb meines medizinischen Betätigungsfeldes. Du solltest auch nicht vergessen, dass zu dieser Zeit die Menschen auf dem Land keine Ärzte aufsuchten, sondern sich von Heilkundigen behandeln ließen. Vielleicht solltest Du dort weiter suchen.«

»Also folglich hat sie nie Kinder gehabt!«

Gwenn war wie vor den Kopf geschlagen. Er hatte bereits entdeckt, dass Fanch Lefort nicht der Vater von Marcel war. Aber Marie Cloarec war auch nicht seine Mutter. Er verharrte einen Moment schweigend, bis Thierry sich wieder in Erinnerung brachte:

»Äh, bist Du noch da?«

»*Oui, oui,* entschuldige bitte. Aber was Du mir da klarmachen willst, ist unfassbar.«

»Ich freue mich immer, wenn ich Dir etwas Interessantes berichten kann. Aber ich habe noch andere Kleinigkeiten, die *Hortensias Bleus* betreffend.«

»Wenn die ebenso spannend sind wie das, was Du mir eben erzählt hast, verspreche ich Dir, dass ich schweigen werde wie ein Karpfen und Dir bis zum

Ende zuhören werde.«

»Ich habe mir die Unterlagen dieses Altersheims kommen lassen. Dir ist bekannt, dass diese medizinischen Zentren sehr eng überwacht werden, und es war doch ziemlich leicht Informationen herauszubekommen.«

Thierry holte Atem.

»Also, was mich wirklich überrascht hat, war die Finanzierung dieses Hauses: Die Bezahlung des Gebäudes, nebst aller Einrichtungen, ist durch eine Überweisung von einer Schweizer Bank in Bern, der *Crédit Suisse Bernois* getätigt worden. Wir wissen nicht, wer der großzügige Spender ist. Wir verfügen über nichts als den Namen des Prokuristen, eines gewissen Hans Gruber. Die Transaktion war vollkommen legal. Ohne mehr zu wissen, haben wir natürlich nicht weiter recherchiert. Das bedeutet, der offizielle Eigentümer dieses Hauses ist sein derzeitiger Direktor, Malo Louarn. Da die Geschichte mit der Überweisung mich hellhörig gemacht hat, habe ich mich über den Herrn informiert.«

Gwenn war zu aufgeregt und konnte nicht verhindern dazwischen zu funken:

»Er ist ausgebildeter Krankenpfleger und sein Vater war Arzt, nicht wahr?«

»Nicht ganz«, entgegnete Thierry, bemüht die Aufregung, die in der Stimme seines Cousin lag, zu mildern. »Falls Malo Louarn tatsächlich den Titel eines Krankenpflegers inne hat, sein Vater ist jedenfalls unter Medizinern vollkommen unbekannt.«

»Er war gar nicht Arzt?«

»Du weißt, dass ich dubiose Geschichten nicht

ausstehen kann. Deshalb habe ich meine Beziehungen ein wenig spielen lassen. Nach einer gewissen Zeit bekam ich einen Rückruf einer Assistentin im Ruhestand aus *Plonéour-Lanvern*.«

»Warum sie?«

»Es ist die Mutter eines meiner Orthopäden, eine Einheimische, die sich auf Erkrankungen des Beckens und der Hüftgelenke ihrer Mitmenschen spezialisiert hat. Kurz, seine Mutter kann sich an diesen Goulven Louarn erinnern, weil er ohne Approbation praktiziert hat.«

»Wie das?«

»Stell Dir vor, er muss mehr oder weniger Wunderheiler gewesen sein, denn er begann seine Karriere im *Nord-Finistère*, wo man ihn den Magier von Lanildut nannte.«

Der Name klang nach, wie ein Echo in Gwenns Kopf: Marie Cloarec hatte ihn genannt, bevor Malo sie zum Schweigen gebracht hatte.

»Interessant! Was weißt Du über diesen Herrn?«

»Er war bestens bekannt in *Lanildut*. Niemand weiß, wo er hergekommen ist, aber er lebte als Einsiedler auf einer Lichtung im Wald, wo er eine Art Bett eingerichtet hatte und wo er die Nächte verbrachte. Die Leute ringsherum fürchteten sich vor ihm, dachten aber auch, dass er über die Fähigkeiten eines Wunderheilers verfügte. Sein Ansehen stieg rasch, bis zu einem Punkt, an dem die örtlichen Autoritäten begannen, sich Sorgen zu machen. Der Bürgermeister wollte seinem Aufenthalt ein Ende setzten und befahl ihm zu gehen. Er hat sich geweigert und den Gemeinderat bedroht, ihn zu verhexen. Schlussendlich schritt die Gendarmerie ein. Aber als die Soldaten auf der Lichtung eintrafen, war das Bett verschwunden und mit ihm der Magier.«

»Haben sie nachgeforscht?«

»Nein, das war nicht nötig. Das Ziel der Mission war, ihn loszuwerden und dies war vollbracht.«

»Wo ist er dann hingegangen?«

»Er hat sich in *Plonéour* niedergelassen. Dort lebte er zurückgezogen, mischte sich unter die örtliche Bevölkerung, ohne Aufsehen zu erregen.«

»Aber von was lebte er?«

»Ganz einfach: Er hat seine alten Klienten von seinem neuen Wohnsitz wissen lassen und die Leute aus *Lanildut* kamen regelmäßig herunter, um ihn zu sehen. Natürlich hat sich das in der gesamten Region herumgesprochen und auch Andere konsultierten ihn.«

»So wie Marie Cloarec«, sagte Gwenn.

»Vielleicht, in jedem Fall hat das Sozialamt von der Sache Wind bekommen, weshalb die Mutter meines Orthopäden mit einer Untersuchung über seine Person beauftragt wurde.«

»Was hat sie entdeckt?«

»Nichts! Der gute Mann hat sie sehr freundlich empfangen, hat aber jedwede medizinische Praxis bestritten. Und die Patienten schwiegen, denn ihnen steckte die Angst vor der ‚Rache des Magiers' in den Knochen.«

»Trotzdem musste er einige Rücklagen haben?«

»Das ist das Kuriose: Eines Tages hat er seine Tätigkeit beendet, zog nach *Quimper*, erwarb ein Haus auf dem *Mont Frugy* und rief nicht das leiseste Anzeichen von Besorgnis oder Argwohn beim Sozialamt hervor. Er lebte einfach von seiner Rente.«

»Welche Rente? Trotz seiner vielen Klienten dürfte

ein Wunderheiler nicht über fantastische Einkünfte verfügt haben.«

»Ich habe mir dieselben Gedanken gemacht wie Du. Also habe ich Kontakt zum Leiter der Post des Départements aufgenommen. Er ist ein Freund und es war nicht schwer, ihn um einen Gefallen zu bitten; ich verfügte ja über den Namen und die Adresse des Herrn. Ich habe bei ihm angefragt, ob er die ehemaligen Postanweisungen, die ihn betrafen, überprüfen könne.«

»Und?«

»Ich habe den Nagel auf den Kopf getroffen, mein Freund: jeden Monat erhielt er eine stattliche Summe, die es ihm erlaubte, weit über seine Verhältnisse zu leben.«

»Und wer war der Geldgeber?«

Thierry hielt kurz inne, wie um seine Antwort ins Dramatische zu steigern. Gwenn hielt den Atem an:

»Überraschung: die *Crédit Suisse Bernois*.«

»Wie bitte?«

»Dieselbe Gesellschaft, die die *Hortensias Bleus* finanziert hat. Soviel zu meinen Nachforschungen für den Moment. Aber sobald Du etwas Neues in Erfahrung bringen kannst, würde ich mich freuen, wenn Du es mich wissen lässt.«

»Du kannst auf mich zählen, Thierry. Deine Hilfe war unschätzbar.«

»Stets zu Diensten. Dieses Wochenende in *Sainte-Marine*?«

»Wann Du willst! Salut Thierry.«

»Bis später.«

Gwenn wurde bewusst, wie schnell sein Herz plötzlich schlug. Er begann den Faden der Geschichte wieder aufzugreifen. Auch wenn dieses Puzzleteil noch verschwommen blieb, begann es sich Stück für Stück vor seinen Augen in das Ganze einzufügen. Er konzentrierte sich auf die Fahrt und lenkte seinen Wagen über die vierspurige Straße nach *Pont-l'Abbé*.

18

»*Chérie*, ich werde Deine Hilfe brauchen«

»Zu welchem Thema?«

»Dein Schmöker über Hypnose, hast Du ihn fertig?«

»Warum, möchtest Du ihn lesen?«

»Nein, dafür habe ich keine Zeit. Aber ich würde gerne wissen, ob Du in der Lage bist jemanden zu hypnotisieren?«

»Schau an, Du interessierst Dich für meine Freizeitbeschäftigung?«

»Soazic, es ist sehr wichtig. Also, kannst Du jemanden in einen hypnotischen Schlaf versetzen?«

»Aber natürlich, *Chéri*.«

»Bist Du sicher?«

»Selbstverständlich, weil ich es ja schon getan habe.«

Gwenn gelang es nicht, die Überraschung zu verbergen, die in seinem Gesicht aufstieg und seine Frau nahm den Gesprächsfaden wieder auf:

» Erinnerst Du Dich an meinen Sophrologie-Club?«

»Natürlich«

»Stell Dir vor, der Leiter ist Anhänger der Hypnosetechnik, und als immer mehr von uns begannen, sich dafür zu interessieren, veranstaltete er mehrere Sitzungen. Wir haben es unter uns geübt und dabei habe ich meine beste Freundin in den Schlaf versetzt, mit ihrem Einverständnis selbstverständlich. Also, was erwartest Du von mir?«

»Dass Du eine alte Dame in Hypnose versetzt, damit sie ihre Vergangenheit wieder aufleben lässt. Ist so etwas möglich?«

»Ja, wenn sie einwilligt. Wenn nicht, funktioniert es nicht.«

»Kann man sie vielleicht in positive Stimmung bringen, damit sie sich auf das Experiment einlässt?«

»Warum nicht. Aber ich wiederhole noch einmal, dass meine einträglichsten Versuche mit dem Einverständnis der jeweiligen Testperson zustande kamen. Ich kann Dir keinen Erfolg garantieren bei jemandem, den ich nicht kenne.«

»Bist Du bereit es zu versuchen?«

»Hör' zu, es ist für Dich, nicht wahr? Für Deine Untersuchung? Also, Du kannst auf Deine Frau zählen.«

Gwenn umarmte Soazic liebevoll.

»*Chérie*, ich liebe Dich.«

19

Der Fluss strömte gemütlich, so gemütlich, dass es schwer zu unterscheiden war, ob Ebbe oder Flut war. Von stattlichen Bäumen gesäumt durchfloss er die Landschaft und duldete gelegentlich menschliches Eindringen: einige Segelboote am Ankerplatz, grüne oder rote Bojen, um die Fahrrinne zu begrenzen und im Hintergrund diverse alte und verlassene Bauten. Riesige Felsblöcke versuchten den Strom zu zähmen, aber die Geduld des Wassers war stärker als die Giganten aus Granit. Geglättet von Jahrhunderten nasser Zärtlichkeiten, werden sie eines Tages, nach ihrer langen Reise durch den Fluss, ihr Ende als kleine Kieselsteine am Ozeanboden finden.

Gwenn und Soazic folgten dem Zöllnerpfad, der sich die Küste entlang streckte. Einige Silbermöwen begleiteten sie hoch oben am Himmel und verschwanden hernach Richtung Sonnenuntergang. Eine sanfte Meeresbrise ließ die zarten Kräuter, die sich am Flussufer festklammerten, erzittern.

Die Mühle kam hinter einem mächtigen Granitblock zum Vorschein: ein viereckiges Bauwerk, überdacht von einem Kegel aus alten Schieferplatten schien es der Zeit und der Welt zu trotzen. Das schwarz gewordene Schaufelrad aus Holz, das seit dem Zeitalter der Industrialisierung aufgehört hatte sich zu drehen, lehrte Stolz, Stärke und Anmut.

Gwenn machte eine Armbewegung Richtung Mühle.

»*Voilà*, da sind wir. Ich hoffe, *Maître* Lefort hat meine Wegbeschreibung verstanden.«

Schnell legten sie die restliche Strecke, die sie noch vom Ort des Treffens trennte, zurück und traten durch eine kleine, gewölbte Seitentüre in die geräumige Halle.

Schimmelgeruch schlug ihnen entgegen.

»Hoffentlich tragen die alten Balken noch«, sagte Gwenn.

»Ich vermute, dass Spaziergänger nicht herein dürften, wenn das nicht der Fall wäre.«

»Schau, da hinten ist eine Treppe. Sehen wir uns das mal an.«

Einige Stufen führten zu einer geöffneten Luke hinauf, durch die sie hintereinander hindurchschlüpften. In der Mitte des Raumes hatten es sich *Maître* Lefort und Marie Cloarec auf Klappstühlen bequem gemacht und bewunderten den Fluss durch eine große Öffnung ohne Glasscheibe.

Marcel Lefort erhob sich sofort, als Gwenn hereinkam.

»*Bonjour* Monsieur Rosmadec. Sie hatten Recht, dieser Ort ist wahrhaftig wunderschön.«

»Es freut mich sehr, dass es ihnen gefällt. Darf ich ihnen meine Frau Soazic vorstellen?«

Der kleine rundliche Mann trat näher, nahm behutsam ihre Hand und näherte seine Lippen, ohne die Hand zu berühren.

»Monsieur Rosmadec kann sich glücklich schätzen und stolz sein, einer so schönen Frau dienen zu dürfen.«

» Sehr galant, *Maître*. Heutzutage ist es eine Seltenheit, die Wege eines Gentleman zu kreuzen.«

Während sie es aussprach, warf sie ihrem Mann einen schelmischen Blick zu, als ob sie ihm sagen wollte »Sieh an, nimm dir ein Beispiel daran.«

Ihre Anspielung ignorierend nahm Gwenn das Gespräch auf.

»Wie geht es ihrer Mutter?«

Tatsächlich hatte die alte Dame noch kein Wort gesagt. Sie verharrte in ihrem Sessel und war in ihrer Betrachtung versunken.

»Ich bin ein wenig besorgt. Malo Louarn hat mir dringend geraten, sie ausruhen zu lassen, und es stimmt, sie ist nicht in ihrer üblichen Verfassung. Ich frage mich ernsthaft, ob es richtig war, auf ihren Vorschlag einzugehen.«

»Erlauben sie, *Maître*?«

Soazic stellte sich vor Marie Cloarec auf und ließ ihren Zeigefinger vor ihrem Gesicht hin und her wandern. Mehr als ein leichtes Zucken der Augenlider geschah nicht.

» Meiner Meinung nach steht sie unter Drogen.«

»Wirklich, aber warum?« fragte der Notar.

»Weil sie Dinge weiß, die sie uns nicht erzählen soll, *Maître*. Ich erinnere sie übrigens daran, dass sie mich aus diesem Grunde engagiert haben.«

Soazic ergriff das Wort:

»Seien sie unbesorgt. Der- oder diejenige, die es getan hat, hat uns unfreiwillig die Arbeit erleichtert.«

»Was wollen sie damit sagen?«

»Dass sie sich bereits in einem Dämmerschlaf befindet. Ich muss einfach nur noch die Türe zu ihrem Unterbewusstsein finden, und dann wir wissen vielleicht, was sie zu verbergen sucht.«

Soazic drehte sich zu den beiden Männern um:

» Ich möchte sie bitten, ein wenig zurückzutreten und auf Kommentare zu verzichten. Das Band, das zwischen uns entstehen wird, erfordert ein gewisses Vertrauen. Wenn sie intervenieren, wird die Verbindung endgültig abbrechen.«

Ohne ein weiteres Wort traten Gwenn und Marcel Lefort zurück an die Mauer und warteten.

Soazic holte eine kleine Silberkette aus ihrer Handtasche hervor, befestigte daran einen Ring, in den ein Amethyst eingefasst war und begann sie vor Marie Cloarecs Augen hin und her zu schwingen. Dabei sang sie leise und monoton im Rhythmus der Bewegungen. Allmählich begann sich der Oberkörper der alten Dame zu bewegen. Dem Rhythmus folgend begann sie zu summen, wiederholte dann die Strophe bis beide Frauen im Einklang mit der Melodie waren.

Immer noch singend sandte Soazic ihre erste Botschaft aus:

»*Bonjour* Marie, *bonjour* Marie, ich heiße Soazic, ich bin ihre Freundin, *bonjour* Marie, *bonjour* Marie...«

Beide setzten ihren Singsang fort, während im Takt

des Pendels ein schüchterner Glanz in Maries Augen trat. Allmählich verlangsamte Soazic die Bewegungen und begann mit monotoner Stimme zu sprechen:

» Marie, ich bin ihre Freundin, erinnern Sie sich an den Hof in *Tréogat*?«

»Ja, meine Liebe, das kleine Haus in *Tréogat*, der schöne Obstgarten, ja, ich erinnere mich gut.«

Ihre Stimme war ein kaum wahrnehmbares Wispern, jedoch offenkundig schwer von Gefühlen beladen. Die beiden an der Wand stehenden Männer lauschten aufmerksam dem wundersamen Gespräch.

»Kommen Sie, Marie, wir machen einen Spaziergang durch den Obstgarten. Die Äpfel sind schon reif dieses Jahr.«

»Sie sind wirklich schön, wirklich schön...«

»Und der Nachbarhund, der bellt, hören Sie den Nachbarhund?«

»Ja, er freut sich, sein Herrchen kommt von der Jagd zurück und vielleicht ist seine Tochter Anne auch da. Ich mag Anne sehr.«

»Ist sie auch Ihre Freundin?«

»Ja, sie ist meine beste Freundin.«

»Oh, arme Anne, sie ist krank.«

»Nein, sie ist nicht krank, sie hat ein Baby im Bauch. Aber man darf es nicht sagen, sonst wird ihr Vater sehr wütend.«

»Das bleibt unser Geheimnis, Marie. Aber man darf sie nicht leiden lassen. Was können wir tun?«

»Man muss zum Heiler von *Lanildut*. Er allein kann ihr helfen.«

»Das ist weit, Marie. Man muss nach *Plonéour*.«

»Wir nehmen den Traktor vom Hof, sie darf nicht müde werden.«

»Ja, nehmen wir den Traktor.«

Soazic wiederholte die Melodie, ein geheimnisvolles, zärtliches Lied vom Ende der Welt, aus der Tiefe des Meeres. Marie sang auch.

»Wir kommen an, in *Plonéour,* Marie. Wie geht es Anne?«

»Nicht gut, gar nicht gut.«

»Und Ihnen Marie, wie geht es Ihnen? Eine schwangere Frau wie Sie, auf einem Traktor, das ist nicht gut.«

»Ich bin nicht schwanger, ich tue nur so, als ob.«

» Ja, Marie, ja, nur so als ob.«

»So ist der Fanch glücklich.«

»Ja, Marie, so ist der Fanch glücklich. Haben Sie ihm geschrieben, um es ihm zu sagen?«

»Ich habe ihm auf seinen Brief geantwortet. Er wollte einen Erben für den Hof und für das Dorf. Jemanden, der seinen Namen trägt, und so habe ich einen erfunden. Er hat mir geantwortet. Seinen Brief habe ich bei mir.«

Das Gesicht von *Maître* Lefort verkrampfte sich. Er setzte zu sprechen an, aber Gwenn presste die rechte Hand auf seinen Mund und bedeutete ihm mit dem Zeigefinger still zu sein. Marcel Lefort beruhigte sich und nahm seine vorherige Position wieder ein. Seine Mutter hatte ihre Schwangerschaft nur vorgetäuscht! Seine Mutter war nie schwanger gewesen! Seine Mutter war nicht seine Mutter! Marie fuhr mit ihren Ausführungen fort. Soazic hatte die richtige Zugangstüre zu ihren Erinnerungen gefunden, und um ihr Herz, schwer von der Lebenslüge, die sie seit so langer Zeit mit sich trug, schien es während ihrer Rede nach und nach leichter zu werden.

»So, Marie, Anne liegt jetzt auf dem Bett. Der Heiler wird sich um sie kümmern. Sie können sich jetzt ausruhen. Sie können Fanchs Brief lesen. Er ist erfreut, der Fanch, dass er einen Erben bekommen wird.«

»Ich kann den Brief von Fanch nicht lesen. Es ist zu dunkel und ohne meine Brille kann ich nichts sehen. Und der Fanch, der schreibt sehr klein. Es war Anne, die mir Fanchs Briefe vorgelesen hat.«

»Was sollen wir tun? Vielleicht ist Fanch in Sorge?«

»Nein, nicht er. Aber der Brief ist ein bisschen lang und wieder so klein geschrieben. Wir geben ihn dem Heiler, damit er ihn mir vorliest.«

»Ja, Marie, gut so, das ist eine gute Idee. Gib den Brief dem Heiler. Er nimmt ihn, Marie, er sieht ihn an, was sagt er?«

»Er sagt, er sei sehr lang und sehr klein geschrieben. Er muss in sein Büro gehen, um ihn zu lesen, und erzählt es mir dann später.«

Der geheimnisvolle Gesang erfüllte erneut den Hauptraum der Mühle. Die Stimmen der beiden Frauen vermischten sich, die eine zart und zerbrechlich, die andere alt und schwach, aber der Gesang war auf eine seltsame Art harmonisch. Ein tiefer Friede lag über der hereinbrechenden Abenddämmerung. Durch das geöffnete Fenster sah man den Himmel, den ein langes, orangenes Band durchquerte. In einer Ecke des steinernen Fensterrahmens erschien der Mond wie ein Rohdiamant in einer Schatulle aus blauem Samt.

»Er kommt zurück, der Magier, Marie, er kommt zurück. Er wird Ihnen die Geschichte von Fanch erzählen.«

»Ja, er hat es gelesen. Er sagt mir, es gibt Papiere, wonach ich reich werden würde, aber es sei kompliziert. Er wird sich um die Formalitäten kümmern, und ich werde nie wieder als Putzfrau arbeiten müssen.«

»Das ist gut, Marie. Das Leben wird ab jetzt angenehm. Und Anne, wie geht es ihr?«

Marie blieb still. Der Glanz in ihren Augen war verloren. Ihre Hände begannen zu zittern und ihr Kiefer zu mahlen. Alle hielten den Atem an. Plötzlich schrie Marie:

»Nein, Anne, nein! Das nicht!«

Sie stieß einen entsetzlichen Schrei aus, einen grauenvollen Schrei, mit der ganzen Kraft ihrer alten Lungen und wurde ohnmächtig.

Marcel Lefort stürzte sich auf sie, gefolgt von Gwenn, der ihn nicht zurückhalten konnte. Soazic hatte schon den Puls der alten Dame kontrolliert. Eindringlich wandte sie sich an die beiden Männer:

»Sie lebt, sie schläft nur. Sie steht unter dem Eindruck gewaltiger Emotionen. Sie hat gerade eine sehr schwierige Sequenz ihrer Vergangenheit durchlebt, und um ihr zu entkommen, ist sie in den Tiefschlaf geflohen. Es wäre sicher von Nutzen, sie in ein Krankenhaus zu bringen. Und bei dieser Gelegenheit können wir erfahren, welche Art von Drogen ihr verabreicht wurden.«

In solchen Momenten war Soazic fähig, Situationen besser zu meistern als ein Offizier mit seinen Truppen. Gwenn nahm Marie vorsichtig in seine Arme und verließ die Mühle.

»Wo haben Sie geparkt, *Maître*?«

»Hundert Meter von hier am Straßenrand. Ich zeige es Ihnen.«

»Gehen wir.«

Gwenn legte die alte Dame sorgsam auf den Rücksitz des Mercedes des Notars, legte ihr den Gurt an und vergewisserte sich, dass *Maître* Lefort fahrtüchtig war. Soazic entschied:

»Ich begleite Sie, *Maître*. Ich setzte mich zu Ihrer Mutter. Fahren Sie schnell ins Krankenhaus nach *Quimper*. Gwenn, hole unser Auto und komme nach, wir treffen uns dort.«

»Einverstanden.«

Gwenn sah den Mercedes davonfahren. Der Unruhe, die den Zustand von Marie Cloarec ausgelöst hatte, zum Trotz, konnte er die Bewunderung für die Leistung, die Soazic abgeliefert hatte, nicht verhehlen. Diese kleine Frau verbarg wirklich noch einige außergewöhnliche Schätze. Mit einem gewissen Gefühl von Stolz fuhr er Richtung Krankenhaus.

20

»Monsieur Rosmadec, ich bin bestürzt. Glauben Sie wirklich, dass meine Mutter die Wahrheit sagt?«

»Sie war in einem kataleptischen Zustand, kontrolliert von Soazic. Ich glaube nicht, dass sie in dieser Lage etwas erfinden konnte. Im Übrigen bestätigt es, was ich gerade erfahren habe.«

»Wie das?«

Gwenn erzählte dem Notar von seinen Entdeckungen. Es war an der Zeit, ihn mit der Wahrheit zu konfrontieren. Gwenn war der Ansicht, es seinem Klienten schuldig zu sein, auch wenn es schmerzhaft für ihn war. Unter anderen Umständen hätte er diese entsetzliche Enthüllung vielleicht verschwiegen: Marcel Lefort war weder der Sohn von Marie Cloarec, noch von Fanch. Aber seine Ermittlungen haben den Tod von *Père* Goffic, den Versuch ihn zu ermorden und vielleicht das Ableben eines Bewohners der *Hortensias Bleus* verursacht. Marie Cloarecs Geheimnis begann langsam ans Licht zu kommen, aber zugleich erhöhte sich der Druck auf die Beteiligten.

Beide Männer hatten sich an einen Tisch in der Ecke der Cafeteria des Krankenhauses gesetzt. Soazic erschien und gesellte sich zu ihnen. *Maître* Lefort erhob sich, stets galant.

»Nun, wie geht es ihr?«, fragte er.

»Sie hängt am Tropf. Man hat ihr Blut abgenommen, um nachvollziehen zu können, was geschah. Aber sie ist in Ruhe, in einem Einzelzimmer. Eine Krankenschwester sitzt ununterbrochen an ihrem Bett.«

»Madame Rosmadec, ich möchte Ihnen für Ihre Hilfe meinen Dank aussprechen. Ohne Sie hätte ich es vielleicht nicht bis ins Krankenhaus geschafft.«

»Sie stehen auch unter Schock, *Maître*. Und Sie nehmen es mit bewundernswerter Gelassenheit. Ich habe lediglich meine Pflicht getan.«

Gwenn fragte:

»Wie lange wollen sie sie hier behalten?«

Tatsächlich kannte Gwenn die Antwort bereits. Ein diskreter Anruf bei Thierry gestattete ihm sich zu vergewissern, dass Marie Cloarec so lange wie möglich unter Beobachtung im Krankenhaus bleiben konnte. Dies, um ihren Gesundheitszustand klar zu bestimmen, aber auch, weil Gwenn sich mit einer gewissen Beunruhigung an die Mahnung des alten Mannes erinnerte: *»Sie werden sie töten.«*

Soazic antwortete:

»Der Arzt möchte, auch unter Berücksichtigung ihres Alters, kein Risiko eingehen. Er legt Wert darauf, sie genau zu beobachten. Also, im Augenblick wissen wir noch nicht, wann sie entlassen werden kann.«

In diesem Moment ertönte der charakteristische Klingelton des Mobiltelefons des Notars. Er holte das Telefon aus der Tasche seines Regenmantels und entfernte sich entschuldigend einige Meter.

Gwenn nutzte die Gelegenheit, um seine Frau leise auszuhorchen:

»Nun?«

»Wir hatten Recht, man hat ihr ein starkes Narkotikum verabreicht. Nicht genug, um sie zu töten, aber genug um ihr Sprachvermögen auszuschalten.«

»Ehrlich, ich frage mich, wie Du das geschafft hast, trotz ihres Zustands.«

Soazic lächelte:

»In Wahrheit habe ich gar keine Hypnose gemacht. Es war eine ganz einfache Technik, um ihre Aufmerksamkeit zu erhalten. Aber danach habe ich von einer Methode Gebrauch gemacht, die die Hopi-Schamanen in Nordamerika anwenden, um ihre Patienten in Trance zu versetzen und zu heilen.«

»Die Melodie, war es das?«

»Ganz genau. Die Schamanen benutzen halluzinogene Pilze. Nun war Marie aber schon in einem ähnlichen Zustand aufgrund der Drogen, die man ihr verabreicht hatte. Ich habe meinen Geist in Einklang mit ihrem gebracht und ihre Vergangenheit aufleben lassen, wie ein Schutzengel, dem sie vertraut und der sie mit ihrem Einverständnis geleitet und beschützt.«

»Aber sie hatte doch diese Krise. Was könnte das gewesen sein?«

»Die Wiederholung eines Schocks, den sie schon einmal durchlebt hat, ein schwerer Schock. Versuche Dich zu erinnern, wir wissen, dass die kleine Anne bei der Geburt gestorben ist.«

»Und das Kind ist auch gestorben.«, fügte Gwenn hinzu.

»Das ist nicht sicher«, antwortete Soazic. »Marie hat doch gesagt, sie habe die Schwangerschaft nur vorgetäuscht. Aber dann ist sie mit einem Kind zurückgekehrt. Wahrscheinlich war es das Kind von Anne...«

»Ganz genau, Sherlock Soazic. Außerdem wissen wir mittlerweile auch, dass sie einen Brief ihres Mannes bei sich trug, der von dem Quacksalber gelesen wurde.«

»Ich stelle gerade eine Reihe verwirrender Fakten fest. Mein weiblicher Instinkt sagt mir, dass die Antwort auf unsere Frage in Fanchs Brief zu finden ist.«

»So ein Brief gehört wahrscheinlich zu der Art von Dokumenten, die schon lange verschwunden sind«, erwiderte Gwenn. Ich habe starke Zweifel daran, ihn eines Tages in die Hände zu bekommen.«

»Wie hat Marie denn Deiner Meinung nach den Brief erhalten?«

»Per Post, denke ich.«

»Erinnere Dich daran, was uns der Pfarrer auf der Île *de Sein* erzählt hat: Goffic hat zugegeben, dass Fanch ihm an einem stürmischen und feuchtfröhlichen Abend ein Dokument für Marie ausgehändigt hat.«

» Und Du denkst, dass...«

»Ich bin mir sicher. Laut Goffic sollte dieses Dokument Fanch erlauben ‚Liebe per Post' zu machen. Ich habe mich lange gefragt, was das bedeuten soll. Meiner Meinung nach hat Fanch seine Unfruchtbarkeit Marie gegenüber offenbart und wollte diese Information nicht der Post anvertrauen. Aber er war wohl unwissend, was die Tatsache anging, dass Marie auch keine Kinder bekommen konnte.

»Wie kommst Du darauf?«

»Marie wollte einen Burschen aus der Stadt. Sie wäre niemals das Risiko eingegangen, ihre Probleme einem zukünftigen Verehrer gegenüber zu enthüllen.«

»Einverstanden, in diesem Punkt. Also, Marie wusste, dass sie keine Kinder haben wird. Aber sie hat es geschafft, Fanchs Frau zu werden, der später auf einer Mission entmannt werden wird und obendrein entdeckt, dass er ohnehin zeugungsunfähig gewesen war. Das ist der Punkt, an dem Deine Argumentation nicht mehr funktioniert: Marie hat vorgegeben schwanger zu sein, bevor sie Fanchs Brief erhalten hat. Warum?«

»Wenn Du ein wenig Vertrauen in meine weibliche Intuition hättest... Ich denke, sie hat ganz einfach dem sozialen Druck der damaligen Zeit nachgegeben. Um vollkommen anerkannt zu sein, musste sie mindestens ein Kind bekommen. Die angebliche Schwangerschaft war ein Weg, ihre Stellung in der Gesellschaft aufzuwerten. Aber am Ende der neun Monate war sie gezwungen eine Lösung zu finden.«

»Und die Lösung war Anne?«

»Warum nicht? Anne Péron war nicht verheiratet. Sie lebte in Schande und fürchtete den Zorn ihres Vaters. Sie hat sich Marie anvertraut, die ihre einzige Freundin ist...«

» ... dieselbe Marie, die sich denkt, dass das Kind, das Anne erwartet die Lösung ihrer Probleme ist.«

»Sie täuscht ihre Schwangerschaft ab dem Moment vor, ab dem Anne die ihre verbergen muss und richtet es ein, dass sie mit ihr nach *Plonéour* zu dem Quacksalber aus *Lanildut* fährt, der über den Tausch des Kindes sicher Stillschweigen bewahren wird.«

»Unglücklicherweise stirbt Anne dort.«

»Genau in dem Augenblick, in dem der Magier Kenntnis nimmt von Fanchs Brief, den Marie nicht lesen konnte. Wahrscheinlich den Brief, den *Père* Goffic mitgebracht hatte. Oh! Achtung!«

Maître Lefort kehrte mit düsterer Miene zu ihnen zurück.

»Es war Malo Louarn, er hat natürlich bemerkt, dass seine Patientin nicht zur gewohnten Zeit zurückgekehrt ist und war besorgt. Als ich ihm gesagt habe, dass sie im Krankenhaus ist, wollte er mir einen Krankenwagen schicken, um sie in die *Hortensias Bleus* zurückzuholen. Aber ich habe ihm geantwortet, dass der Arzt strikt dagegen ist. Er machte daraufhin einen sehr unzufriedenen Eindruck. Aber so ist es nun. Ich denke, ich fahre nun nach Hause, mein Soll an Aufregungen habe ich für heute erfüllt.«

»Sie haben Recht, *Maître*. Wenn Sie einverstanden sind, schlage ich Ihnen vor, morgen vorbeizukommen, um Bilanz zu ziehen.«

»Sehr gerne, morgen neun Uhr in meinem Büro. Passt es Ihnen?«

»Absolut. Dann bis morgen.«

Maître Lefort trippelte leicht schwankend, wie unter Alkoholeinfluss, zu seinem Mercedes. Doch wer *Maître* Lefort kennt, der weiß, dass er stets enthaltsam ist.

Im gleichen Augenblick kam der Assistenzarzt auf das Paar zu.

»Monsieur Rosmadec? Erfreut Sie kennenzulernen, ich bin Dr. Kerbrat.«

»*Bonsoir*, Doktor.«

»Ich wusste nicht, dass Sie mit Thierry Rosmadec verwandt sind.«

»Er ist mein Cousin, in der Tat.«

»Ich habe große Hochachtung vor ihm. Er kämpft laufend für unsere Kliniken und unser Personal. Seine Integrität macht seine höchst bemerkenswerte Persönlichkeit aus. Als er mich anrief, damit ich sicherstelle, dass Madame Cloarec im Krankenhaus bleibt, war ich der Meinung, dass er dafür gute Gründe haben wird.«

»Wissen Sie nun, was man ihr verabreicht hat?«

»Vermutlich Rohypnol, ein sehr starkes Narkotikum, das in die Kategorie der Rauschgiftmittel fällt und zehnmal stärker ist als Valium. Es wird in der Psychiatrie angewandt und soll das Einschlafen der Patienten fördern, die unter Angstzuständen leiden.«

»Sie sind sich aber nicht sicher?«

»Der Wirkstoff ist schwer nachweisbar, denn einmal eingenommen ist er nur kurz im Urin zu finden und nur geringfügig im Blut. Aber unsere modernen Analysetechniken haben Fortschritte gemacht. Ich bin nach und nach überzeugt, dass es Rohypnol war, was man ihr gegeben hat. Sehen Sie, diese Droge ist geruchlos und ohne Geschmack. Man kann sie als Pulver unter die Lebensmittel mischen.«

»Sie sagten, das Mittel sei ein Rauschgift. Heißt das, dass es gefährlich werden könnte?«

»Hochdosiert kann es tödlich sein.«

»Sie haben ihr wahrscheinlich das Leben gerettet, Doktor.«

»Sie unterstellen mir besondere Fähigkeiten, Monsieur Rosmadec, aber ich habe nur meine Arbeit getan.«

»Ich dachte weniger daran. Vielleicht sollte man eine permanente Wache vor ihrem Zimmer postieren?«

»Ich verfüge nicht über das nötige Personal, um Ihrem Wunsch zu entsprechen, aber meiner Meinung nach ist das Angelegenheit der Polizei. Ist sie wirklich in Gefahr?«

»Ich fürchte ja. Aber ich glaube, ich habe eine Lösung. Sie entschuldigen?«

Gwenn nahm sein Mobiltelefon und zückte seine Brieftasche, aus der er eine Visitenkarte zog.

»Hallo? Ich möchte bitte mit *Adjudant* Le Roy sprechen...«

21

Die Nacht war längst über *Quimper* hereingebrochen. Die letzten Möwen, die gewöhnlich über dem Krankenhaus kreisten, um Abfälle zu stibitzen, waren in ihren Unterschlupf zurückgekehrt. Ein schwaches Licht beleuchtete die leeren Gänge der geriatrischen Abteilung, wo Marie Cloarec in tiefem Schlaf lag.

Der Gendarm, der vor ihrer Türe Wache schob, hatte zuvor mit Interesse das Defilee der Ärzte, Krankenschwestern und des Pflegepersonals beobachtet. Nach und nach verging die Zeit und ihre Zahl schwand, bis nur noch die diensthabende Nachtschwester in regelmäßigen Abständen auftauchte. Es war daher ein wenig erstaunlich, dass er plötzlich Schritte auf dem Gang vernahm. Eine ganz in schwarz gekleidete Frau erschien. Und was noch mehr befremdete, war ihr schwarzer Hut mit einem altmodischen Schleier, der ihren Kopf bedeckte und keine Blicke zuließ. Der Polizist dachte, dass sie sich im Gebäude verlaufen haben musste und vielleicht die Leichenhalle suchte. Die Frau jedoch drehte den Kopf zur Seite und studierte die Zimmernummern. Offensichtlich wusste sie, wonach sie suchte. Im Halbdunkel hatte sie den Gendarmen nicht bemerkt. Als sie seiner endlich gewahr wurde, war sie nur noch wenige Meter entfernt. Sie blieb unmittelbar verdutzt stehen, kam wieder zur Besinnung, machte sofort kehrt und ging den Weg zügig zurück.

Der Rest der Nacht verlief ohne Zwischenfälle, und der Gendarm hielt es nicht für nötig, diesen kleinen Vorfall in seinem Bericht zu vermerken.

22

»*Maître* Lefort, es wird Zeit, dass wir Bilanz ziehen.«

»Sie haben Recht, Monsieur Rosmadec. Was wollen Sie wissen?«

»Es gibt ein Geheimnis, das sich um Ihre Einkünfte rankt. Ich möchte gerne glauben, dass Ihre Mutter sich für Sie aufgeopfert hat, um Ihnen ein Studium zu ermöglichen, aber um Ihnen eine Notarkanzlei bieten zu können... haben Sie Verständnis, dass ich skeptisch bin.« *Maître* Lefort nickte zustimmend mit dem Kopf:

»In der Tat hat sie viel geopfert. In der Tradition als Bauersfrau wuchs sie in dem Glauben auf, dass es auf jeden Cent ankommt und man sein Geld nicht verschwenden darf. Es hat aber nicht gereicht, nur Dank der Erbschaft meines Vaters.«

»Jetzt sind wir genau am Punkt«, sinnierte Gwenn, »ich höre *Maître*.«

»Sehen Sie, als mein Vater starb, erhielt meine Mutter Besuch von einem Mann, der behauptete seine Rechte zu vertreten.«

»Inwiefern?«

»Der Verkauf seiner Kautschukplantage hatte viel Geld eingebracht.«

»Inwieweit war dieser Mann involviert?«

»Mein Vater misstraute offensichtlich den französischen Behörden und vielleicht auch dem Fiskus, weshalb er seine Angelegenheiten einem schweizerischen Notar anvertraut hat. Einer der Mitarbeiter der Notarkanzlei war es, der uns aufgesucht hatte.«

»Was beinhaltete das Testament?«

»Ich habe es nie gesehen. Dieser Herr hat uns schlicht darüber informiert, dass sein Vorgesetzter angewiesen worden war, einen Geldbetrag von sofort an uns auszubezahlen. Zudem sollte meine Mutter dazu monatlich laufend eine stattliche Rente erhalten. Jedoch war meine Mutter verpflichtet, über die Herkunft des Geldes keine Nachforschungen anzustellen.«

»Letztlich sind Sie selbst Notar? Warum haben Sie das Dokument nie herausverlangt?«

»Ich war jung damals. Später habe ich mir natürlich dieselbe Frage gestellt wie Sie. Und ich bin zu dem Schluss gekommen, dass mein Vater diesen Weg gewählt hat, damit wir keine Steuern zahlen mussten. Geben Sie zu, es ist sehr angenehm, eine Rente zu bekommen, ohne etwas dafür tun zu müssen, außer Diskretion zu wahren.«

»Ich hoffe, dass diese Diskretion nicht der Grund für die Mordversuche ist, die wir erleben mussten. Aber wenn das der Fall sein sollte, wäre es nötig, endlich

Klarheit zu schaffen.«

»Was gedenken Sie zu tun?«

»Die Bank, von der die Überweisungen stammen, ist Ihnen natürlich bekannt?«

»Gewiss, warten Sie einen Moment.«

Der kleine Mann drehte sich zu den Regalen um, in denen Akten nach Farben und Daten sortiert waren. Er überflog mit dem Zeigefinger eine Reihe von Aktenordnern, hielt inne und zog einen von ihnen heraus, legte ihn auf seinen Schreibtisch, öffnete ihn behutsam und richtete seinen Blick auf die Kopfzeile eines Bankauszuges.

»*Voilà*, es handelt sich um die *Suisse Bernois*.«

»Da schau einer an, endlich habe ich eine heiße Spur und ich fange an zu verstehen.«

»Was wollen Sie damit sagen?«

»Ihr Freund der Familie, Malo Louarn, hat seinen Altersruhesitz *Les Hortensias Bleus* auf Umwegen über eine schweizerische Bank finanziert, die exakt dieselbe ist.«

»Glauben Sie wirklich, dass...«

»Im Augenblick ist es nicht mehr als eine Vermutung. Aber ich glaube, wir sollten einen Abstecher nach *Bern* machen, wenn Sie einverstanden sind.«

»Machen Sie sich sofort auf den Weg, Monsieuer Rosmadec. Jetzt will ich die Wahrheit wissen.«

»Ich werde Sie brauchen, *Maître*.«

»Wie kann ich Ihnen behilflich sein?«

»Sie werden ein Schreiben an die Bank vorbereiten, in dem Sie mich als Ihren Bevollmächtigten vorstellen und verlangen, dass man mich die Herkunft der Gelder, die Ihnen überwiesen wurden, prüfen lässt.«

»Die Zurückhaltung Schweizer Banken, wenn es darum geht, Bankgeheimnisse offenzulegen ist Ihnen bekannt?«

»Außer wenn Sie detailliert darlegen, dass Sie Geldwäsche auf Ihre Kosten befürchten und dies verheerende Auswirkungen auf die Bank selbst zur Folge haben könnte.«

»Glauben Sie dieses Argument reicht aus?«

»Die Schweizer Banken haben Milliarden aus Konten von Juden einbehalten, die in den Konzentrationslagern umgekommen sind. Unter Berufung auf fehlende Sterbeurkunden haben sie die Rückübertragung an eventuelle Nachfahren zurückgewiesen. Nach und nach sind die Machenschaften ans Licht gekommen, und ihr Ansehen hat dauerhaft gelitten. Glauben Sie mir, so ein Risiko werden sie nicht eingehen.«

»Gut, ich werde das Schreiben vorbereiten. Noch etwas?«

»Ja, machen Sie mir auch ein Schreiben an den schweizerischen Notar.«

»Aber sein Name ist mir nicht bekannt.«

»Bereiten Sie es trotzdem vor, ich vervollständige es, sobald ich ihn aufgespürt habe.«

»Und was soll ich ihm schreiben?«

»Dass Sie beabsichtigen, Ihn mit der Erstellung Ihres Testaments zu beauftragen, wie vormals Ihr Vater und, dass Sie mich bevollmächtigt haben, um in gegenseitigem Einverständnis und beiderseitigem Interesse alle Einzelheiten dieser Angelegenheit zu klären.«

»Wollen Sie ihn mit Geld ködern?«

»Das auch, in den meisten Fällen funktioniert es. Noch eine Sache, *Maître*.«

»Ich höre.«

»Ich würde gerne meine Frau mitnehmen. Übernehmen Sie unsere Kosten?«

»Nach alldem was Madame Rosmadec für mich getan hat, stehe ich in Ihrer Schuld. Ich werde Marie-Jeanne bitten, Hotelzimmer und Flugtickets zu reservieren. Sie erhalten alles in einigen Tagen.«

»Haben Sie vielen Dank.«

»Viel Glück, Monsieur Rosmadec.«

Bevor Gwenn in sein Auto stieg, kontrollierte er die Nachrichten auf seinem Mobiltelefon. Es gab eine einzige SMS:

»Dringend Commandant Lamarre zurückrufen«

23

Ronan Lamarre hatte seine Tasche im Flur der großzügigen Villa, die über der Bucht von *Brest* thronte, abgelegt. Er blickte durch eine große Glastüre auf den Jachthafen, wo die Masten der Schiffe leise im Wind klirrten. Ein riesiger Trimaran, maßgeschneidert für Segelbootrennen auf hoher See, tauchte seine Schnauze in die eisigen Gewässer der Bucht, wie um magische Kräfte aufzusaugen. Etwas weiter weg konnte man die neue Schrägseilbrücke erkennen, die von zwei roten Blinklichtanlagen überragt wurde, um auf die Betonpfeiler aufmerksam zu machen.

»Ach früher, als man mit der Fregatte der *La Royale* den Leuchtturm *Petit Minou* passiert hatte, wusste man, dass man endlich in Hafen war!«

Ein Bedauern klang aus den Worten des Kommandanten, der sonst immer warmherzig war.

»Whisky, Monsieur Rosmadec?«

»Aber gerne. Ohne Eis, bitte.«

»Sie sind ein Kenner. Ich schätze das.«

»Können wir nun zum Grund meines Besuches kommen, *Commandant*?«

Ronan Lamarre goss zwei Stilgläser wie in Schottland randvoll mit der bernsteinfarbenen Flüssigkeit, nahm einen tüchtigen Schluck, ließ sich in den Sessel fallen und sah Gwenn an.

»Unserer letztes Treffen, Monsieur Rosmadec, hat Fragen in mir aufgeworfen, und ich habe Lust bekommen, die Archive noch ein wenig zu durchforsten.«

»Ich dachte, ich bin nicht berechtigt mehr zu erfahren.«

»Das ist auch der Grund, warum Sie hier bei mir sind. Das Gespräch hat offiziell nie stattgefunden. Verstehen Sie mich, Monsieur Rosmadec?«

»Selbstverständlich, *Commandant*.«

»Also, wir sind bei der Stelle angekommen, an der Fanch Lefort, Spion der Republik, vorgab, Besitzer einer Kautschukplantage im Goldenen Dreieck zu sein. Ich hatte Ihnen schon zu verstehen gegeben, dass die Plantage nicht auf seinen Namen lief, aber mit geheimen Geldern aus dem Élysée-Palast finanziert wurde. Ein Jahr lang zog Fanch Lefort seine Mission mit der ihm eigenen Effizienz durch. Seine Berichte, die er regelmäßig übermittelte, legten Zeugnis darüber ab, dass er Verbindungen zu Opiumerzeugern geknüpft hatte, und es ihm gelang, deren Vertrauen zu gewinnen, sodass er eines Tages zum großen *Patron* gebeten wurde.«

Ronan Lamarre legte eine Pause ein, atmete tief durch, benetzte seine Kehle mit einem Schluck Scotch und setzte sein Selbstgespräch fort:

»Sagt Ihnen der Name Luang Pô etwas?«

Wie jeder gut informierte Journalist wusste Gwenn, dass Luang Pô in einer Zeit Berühmtheit erlangt hatte, als ihm der Zusammenschluss der verschiedenen Bergstämme des Goldenen Dreiecks gelang, um ein unabhängiges Gebiet zu errichten. Die Niederschlagung war fürchterlich gewesen, aber er ging unbeschadet daraus hervor, musste aber mit seinen Leuten in irgendeinem verschollenen Winkel eines Bergdorfes untertauchen.

Gwenn nickte zustimmend mit dem Kopf und ließ den Kommandanten fortfahren.

»Stellen Sie sich vor, Luang Pô war nichts anderes, als der große *Patron* der Opiumschwarzhändler im Goldenen Dreieck.

»Ihre Quellen sind verlässlich?«

»Unsere Quelle, *cher Monsieur*, sind die Informationen die uns Fanch Lefort höchstselbst hat zukommen lassen.«

»Welchen Zusammenhang hat das mit unserer Geschichte?«

»Fanch sollte Luang Pô treffen, um mit ihm seine zukünftigen Dienste als Erzeuger von Opium auszuhandeln und vielleicht auch eine Verbindung nach Europa herzustellen. Falls er diese Ziele erreicht hätte, hätten wir nicht nur die gesamte Organisation zerschlagen können, sondern auch Ho Chi Min den Boden unter den Füssen wegziehen können, da die Vietnamesen ihren Krieg mit diesem Handel finanzierten.«

»Und was ist dann passiert?«

»Fanch ist zu dem Treffen erschienen, hat diesen Mann aber nie zu Gesicht bekommen. Luang Pô ist nicht gekommen. Fanch war der Meinung, dass seine Tarnung nicht mehr ausreichend war. Er hat die Region sofort verlassen. Dann ist er schwer krank geworden und in dem Militärkrankenhaus gestorben, in dem man ihn bereits behandelt hatte.«

»Entschuldigen Sie, *Commandant*, aber ich befürchte, ich habe jetzt kaum etwas Neues erfahren.«

»Das ist alles, was die Archive über Fanch wiedergeben können. Aber während der Durchsicht der Akte Luang Pô habe ich entdeckt, dass er mit einer Französin verheiratet war, die mit ihm verschwunden ist.«

»Und wenn schon?«

»Nun, sie hatten eine Tochter, Monsieur Rosmadec, eine Tochter, die Abstand zu dieser wenig ruhmreichen Vergangenheit gewinnen wollte und sich in der Region ihrer Vorfahren mütterlicherseits niedergelassen hat.«

»Das bedeutet?«

»In der Bretagne natürlich. Sie heißt Françoise Jolifleur, der Name ihrer Mutter, und arbeitet als Schulleiterin am *Collège St. Renan*, einer größeren Kommune oberhalb von *Brest*.«

»Wie kann ich sie treffen?«

»Sie erwartet Sie bereits, Monsieur Rosmadec. Ich habe sie heute Morgen angerufen und um eine Unterredung gebeten.«

24

Das Städtchen *St. Renan*, im Herzen eines kleinen Tals, welches von zwei mit Enten bevölkerten Weihern umgeben war, döste vor sich hin. Die Stadt mit ihren alten Straßen, gesäumt von Häusern mit Erkern und flämischen Buntglasfenstern, muss schon bessere Zeiten gesehen haben. Früher erschall auf dem zentralen Marktplatz der Lärm der Hufeisen der mächtigen bretonischen Pferde, die die Reichtümer der örtlichen Landwirtschaft herankarrten. Heute klangen dort nur noch gelegentlich die Holzschuhe von einigen der Alten aus den keltischen Zünften, die darauf bestanden in ihren Holzpantinen zu tanzen.

Aber der Zeitgeist hatte seine Spuren im Umkreis hinterlassen, und auf den alten Weizenfeldern waren moderne Häuser entstanden.

Gwenn durchquerte ein Gewerbegebiet, wo sich Lager unter verschiedenen Firmenschildern aneinanderreihten, bis zu einem Kreisverkehr: Seitlich eines kleinen Hügels lag der Gebäudekomplex mit den Bildungseinrichtungen, einer Schule, einem Gymnasium und vor allem dem *Collège*, wo Françoise Jolifleur tätig war.

Gwenn parkte seinen Wagen und betrat die Einrichtung. Er begegnete einem schlecht rasierten Wesen in einer roten Matrosenbluse. »Noch ein Überlebender vom Mai '68«, dachte Gwenn. »Es sei denn, es ist ein abgehalfterter Kommunist?«

Die Büros lagen in einer Art Zwischengeschoß, auf der einen Seite die Verwaltung, auf der anderen Seite die Direktion. Er näherte sich dieser Türe und trat ein. Eine liebenswürdige Sekretärin empfing ihn mit einem Lächeln:

»Monsieur Rosmadec? Madame Jolifleur erwartet Sie.«

Sie öffnete die Türe zum Büro der Direktorin.

Françoise Jolifleur hatte die hervorstehenden Wangenknochen und die leicht schräg stehenden Augen von ihrem asiatischen Vater geerbt. Aber sie wäre ebenso als authentische *Bigoudène* durchgegangen. Blond, freundlich lächelnd, die hellblauen Augen mit so viel Mascara unterstrichen, dass sie wirkten, als lägen sie in einer Samtschatulle. Eine extravagante Brille mit viereckigem Rand rahmte ihr Gesicht ein. Auf beiden Seiten schaukelten tropfenförmige Silberohrringe und begleiteten die Bewegungen ihres Kopfes. Sie trug ein Kostüm aus schwarzem Satin mit ledernen Schulterklappen, elegante Stöckelschuhe und einen Seidenschal in grüngelbem Farbton, der ihre Erscheinung erhellte. Allerletzte Eitelkeit: ein Armreif aus altem Elfenbein am rechten Handgelenk und ein Ring mit einem dunkelblauen, von funkelnden Diamanten eingefassten Saphir an der linken Hand. Der Duft eines schweren Parfums umgab sie und alles an ihr sprühte vor Intelligenz und Sinnlichkeit.

In einer Ecke des Zimmers schlief ein kleiner schwarzer Cockerspaniel in einem mit blauem Tuch ausgelegten Korb und hob den Kopf, als Gwenn den Raum betrat.

»Brav, Lalouk, brav! Bleib liegen!«

Der kleine Hund blickte träge zu seiner Herrin empor und legte sich wieder hin.

»Er sieht so friedlich aus, aber wenn ihm jemand zu nahe kommt, ist er kaum zu bremsen.«

»Ich habe verstanden, Madame. Danke, dass Sie mich empfangen.«

»Nehmen Sie Platz«, sagte sie und wies mit ihrem Zeigefinger auf einen Bürostuhl.

Françoise Jolifleur nahm den Hörer ihres Telefons ab und sagte zu der Sekretärin:

»Ich möchte unter keinen Umständen gestört werden.«

Mit ihren langen schlanken Händen hob sie eine Schachtel hoch und reichte sie ihrem Gast.

»Schokolade? Das ist eine hiesige Spezialität, mit Algen. Probieren Sie! Sie sind köstlich.«

Etwas erstaunt willigte Gwenn ein. Ein geheimnisvoller Charme umgab diese Person. Die natürliche Autorität, die sie besaß, musste das genetische Erbe ihres Vaters sein. Gwenn aß ein Stück Schokolade und noch ehe er die geringste Frage stellen konnte, ergriff

Françoise Jolifleur das Wort:

»Monsieur Rosmadec, ich werde Ihnen etwas anvertrauen, das mir seit langer Zeit auf dem Herzen liegt und mich schwer belastet.«

»Ihr Vertrauen ehrt mich, Madame, dennoch, verzeihen Sie mein Erstaunen. Inwiefern habe ich es verdient, ihr Vertrauter oder Beichtvater zu sein?«

»Ich habe nichts zu beichten, Monsieur Rosmadec. Ich entscheide frei, wem und wann ich etwas offenbare, das mich belastet.«

»Sicherlich, aber warum gerade ich?«

»Kommandant Lamarre ist ein sehr geschätzter Mann. Er hat Sie mir wärmstens empfohlen. Das Wort eines Offiziers der Marine genügt mir, sofern Sie keinen Gebrauch von den Enthüllungen machen, um jemandem zu schaden.«

»Ganz im Gegenteil, Madame. Sollte das, was Sie mir zu sagen haben, bei meinen Ermittlungen helfen, ist das nur zum Wohle rechtschaffener Leute. Ich höre Ihnen zu.«

Die Rektorin taxierte ihren Gesprächspartner einen Augenblick mit inquisitorischem Blick und lehnte sich zufrieden in ihrem Sessel zurück.

»Mein Vater hieß Luang Pô. Ich bin in einem Tal in Birma geboren, wo ich meine ersten Lebensjahre verbrachte. Eine glückliche und sorglose Kindheit, denn mein Vater war reich und angesehen. Erst viel später ist mir der Grund für sein Vermögen klar geworden. Obwohl wir von Frankreich weit weg waren, ließ meine Mutter mir eine sehr westliche Erziehung angedeihen und achtete darauf, dass ich immer einen französischen Pass hatte.«

Sie machte eine Pause und ihr Blick schweifte in die Weite, als ob sie versuchte, ein Stück der glücklichen Vergangenheit einzufangen. Dann fuhr sie fort:

»Eines Tages fand bei uns zuhause eine große Zusammenkunft statt. Die Chefs verschiedener Stämme waren gekommen, um meinen Vater zu treffen und dabei waren auch zwei Europäer.«

»Kannten Sie den Grund für diese Versammlung?«

»Es war die Gelegenheit, die Lage zu erörtern, und auch um das Gold aus dem Opiumhandel umzuverteilen.«

»Das Opium wurde gegen Gold verkauft?«

»Ja, in kleinen Goldbarren. Mein Vater hatte ganze Kisten davon.«

»Und die Europäer?«

»Sie warteten draußen darauf, hereingebeten zu werden. Aber sie haben lange mit den Leuten aus dem Dorf diskutiert, weil einer von ihnen sie eingeschleust hatte.«

»Was geschah dann?«

Der Schleier der Vergangenheit verdunkelte Françoises Gesicht und ihre Augen verloren ihren Glanz.

»Am nächsten Morgen, als ich aus meinem Zimmer kam, waren alle im Haus tot, ermordet. Alle hatten eine Kugel im Herz oder im Kopf. Die Europäer waren verschwunden und mit ihnen das Gold.«

»Und sie waren diejenigen, die...«

»Sie hatten eine Waffe in ihrem Jeep, ein Gewehr mit kurzem Lauf und Schalldämpfer.«

»Niemand hat sie verfolgt?«

»Alle Chefs wurden getötet, niemand war in der Lage zu entscheiden, und bis ich begonnen hatte zu verstehen, was da geschehen war, war es bereits zu spät.«

»Was haben Sie dann getan?«

»Meine Eltern waren beide tot. Man hat ein mysteriöses Verschwinden vorgetäuscht, um die Revolution nicht zu gefährden und die Stämme zu beruhigen. Dann hat man die Leichen verbrannt, um sie für immer verschwinden zu lassen, und damit man sie nicht mehr identifizieren konnte. Danach hat man mich mit meinem Pass zur Französischen Botschaft gebracht und der Birmane, der mich begleitete, erklärte, mich verirrt im Dschungel gefunden zu haben. Ich wurde nach Frankreich geschickt und das Jugendamt hat sich meiner angenommen.«

»Warum wollten Sie mir diese Geschichte erzählen?«

»Weil, wenn man Waise ist, ist das Einzige, was zählt, herauszufinden wer seine Eltern waren. Ich wusste, wer meine Eltern waren, hatte aber nie das Recht, darüber zu sprechen. Diese Bürde habe ich jahrelang getragen, ohne zu wissen, wie ich mich jemals von ihr befreien könnte. Sie können sich nicht vorstellen, wie gut es mir tat, dass Sie mir zugehört haben, Monsieur Rosmadec.«

Das kluge und sprühende Lächeln hatte das Gesicht von Françoise Jolifleur wieder erobert. Sie erhob sich, um verstehen zu geben, dass die Unterredung beendet war.

Gwenn verabschiedete und bedankte sich, und während er die Straßen von *St. Renan* herunterging kann er nicht umhin, mehrmals zu wiederholen:

»Was für eine Frau!«

25

Soazic stöberte in einigen Reiseunterlagen über die Schweiz, die sie im Internet recherchiert hatte. Wie es ihre Gewohnheit war, hatte sie die Reise sorgfältig vorbereitet, um sie dann umso mehr genießen zu können. Und wenn ihr Mann ausnahmsweise dafür bezahlt wurde, war sie doppelt zufrieden. Sie saß bequem auf dem Ledersofa, nippte mit Genuss an einem chinesischen schwarzen Verjüngungstee und blätterte die Prospekte durch, als das Telefon klingelte. Soazic nahm das schnurlose Telefon, das sie auf den Couchtisch gelegt hatte:

»Hallo?«

»Madame Rosmadec? *Bonjour*. Hier spricht die Sekretärin von *Maître* Lefort.«

Für gewöhnlich eisig, klang die Stimme der alten Vorzimmerdame bemüht warmherzig und menschlich. Aber Soazic spürte sehr wohl, dass es entgegen ihrer sonstigen Art zu kommunizieren war.

»Ja?«

»*Voilà,* ich habe Ihre Reise vorbereitet, wie *Maître* Lefort mich gebeten hatte. Ich lasse Ihnen die Reisdokumente per Boten zukommen.«

»Ich bin Ihnen sehr dankbar.«

»Ich muss Ihnen aber leider sagen, und glauben Sie mir, ich bin ehrlich untröstlich...«

Soazics Herz begann schneller zu schlagen, während sie ihre Augenbrauen heraufzog.

»Ja?«

»Nichts Schlimmes, seien Sie beruhigt. Aber in dieser Jahreszeit sind alle Flüge nach Bern überfüllt, weil Ihr Termin mitten in die Reitmesse fällt. Das sagt Ihnen wahrscheinlich nichts, aber in der Schweiz ist es ein unumgängliches Großereignis. Stellen Sie sich vor, neunhundertfünfzig Aussteller, mehrere tausend Besucher, die während der zwei Wochen herbeiströmen, weshalb alle Flüge vollständig ausgebucht sind. Ich konnte keine Plätze mehr für Sie finden, nicht einmal in der Business Class. Also fliegen Sie nun nach *Genf* und bekommen dort einen Mietwagen, für die Strecke nach *Bern*.... selbstverständlich mit der Zustimmung von *Maître* Lefort. Ich hoffe, das bringt Ihre Planung nicht allzu sehr durcheinander?«

»Nein, überhaupt nicht. Das ist die Gelegenheit für eine Besichtigungstour.«

»Dann bin ich erleichtert. Ich schicke Ihnen die Unterlagen sofort zu. Gute Reise Madame Rosmadec.«

Soazic legte den Telefonhörer weg und schaltete den Computer ein. »Nun gut«, dachte sie, »ich habe alles über *Bern*, aber noch nichts über *Genf*. An die Arbeit.«

26

Die Passagiere des Fluges *Paris – Genf* drängten sich um das Gepäckausgabeband, das ihre Koffer ausspuckte. Die Lautsprecherdurchsagen auf Französisch, Englisch und Deutsch bildeten die Geräuschkulisse in der Großen Ankunftshalle, aber Soazic störte es nicht. Diese Geschäftsreise versetzte sie wieder in einen Zustand der Verliebtheit, und ließ sie an die Möglichkeit eines Schäferstündchens am Ufer des Genfer Sees denken.

»Ich bin geschäftlich hier«, erwiderte Gwenn, obwohl er wusste, dass seine Frau auf diesem Gebiet überzeugende Argumente hatte.

»Natürlich, *Chéri*, aber nach der Arbeit kommt das Vergnügen, oder?«

»Und Du hast mir fest versprochen, dass wir Deinen Freund Pierre Leroux in *Lausanne* besuchen!«

Gwenn hob fragend die Schultern, nahm mit festem Griff einen der vorbei gleitenden Koffer hoch und stellte ihn auf einen Wagen. Anschließend gingen sie durch den Zoll und dann Richtung Ausgang, wo sie ein Mann in einem hellen Anzug mit einem Namensschild aus Holz in der Hand erwartete. Der Bretone stellte sich vor:

»Ich bin Gwenn Rosmadec.«

»Willkommen in der Schweiz, Monsieur Rosmadec. Hier die Schlüssel für das Auto, das Sie reserviert haben. Es steht auf dem Parkplatz bereit. Ich wünsche Ihnen einen angenehmen Aufenthalt. Monsieur, Madame...«

Der Mann verbeugte sich leicht und verschwand in der Menge. Gwenn blickte ihm kurz nach, legte den Arm um Soazics Schulter und dirigierte sie zum Parkplatz, wo sie einen Augenblick suchen mussten, bis sie den kleinen Wagen inmitten einer beeindruckenden Anzahl luxuriöser Autos fanden.

»Etwas knauserig, der gute Lefort«, sagte Soazic und verzog das Gesicht, als sie vor dem zweitürigen Gefährt stand. »Es ähnelt eher einer Sardinenbüchse als einem Auto.«

»Ich vermute, er hat nichts damit zu tun. Es war sein Drache von Sekretärin, der das organisiert hat.«

Beide stiegen in den Wagen und Gwenn betätigte die Zündung.

»Es gibt nicht mal ein Navigationsgerät«, bemerkte Soazic.

»Dann an die Arbeit! Nimm die Karte, führe mich aus *Genf* heraus und mache den Weg nach *Bern* ausfindig!«

»Jawohl! Du hast Glück, dass Du mich hast!«

»Sag' mir die Richtung, statt Unfug zu erzählen!«

Soazic zierte sich etwas, ging aber nicht weiter darauf

ein. Sie hatte den Stadtplan aufgefaltet, den Flughafen ausfindig gemacht und begann Anweisungen zu geben:

»Die Nächste rechts .... gut, dann geradeaus, etwa sechs Kilometer, anschließend nach links ... wunderbar, weiter, dann sollten wir die Autobahnauffahrt finden.... Ja, da ist sie, *Chéri*! Jetzt lässt Du es laufen bis *Bern*, dann übernehme ich wieder das Kommando!«

Zu beiden Seiten des asphaltierten Bandes lagen große Wiesen und Weiden, deren sanfte Hänge Holzhütten mit geschnitzten Balkonen und Blumen beherbergten. In der Ferne erhoben sich die verschneiten Gipfel der Alpen, wie Wächter über die Schweiz.

Gwenn fuhr auf der rechten Spur in Richtung *Bern* und behielt die vorgeschriebene Geschwindigkeit von 120 Stundenkilometern bei. Soazic hatte es sich bequem gemacht und ihre Pumps abgestreift, um Wattestücke zwischen ihre Zehen zu stecken. Schließlich lehnte sie ihre beiden Füße an das Handschuhfach, und lackierte sich die Fußnägel mit dem Eifer und der Ernsthaftigkeit einer Schülerin von Picasso, während sie sich dem Genuss einer Sonate von Mozart hingab.

Nach einer Weile schraubte sie den Nagellack zu und bewunderte das Resultat zufrieden.

»Siehst Du, Dir zu ehren.«

»Daran besteht kein Zweifel. Hast Du Deine Flip-Flops dabei?«

»Monsieur beliebt zu scherzen, wie gewöhnlich. Nein, aber ich habe den festen Vorsatz verschiedene Schuhgeschäfte in *Bern* aufzusuchen, währen Du Deinen 'Geschäften' nachgehst.«

Gwenn antwortete nicht und begnügte sich mit einem Schulterzucken, während er auf die Straße achtete.

Nach einiger Zeit sagte er zu Soazic:

»Seltsam, ein großer, schwarzer Mercedes ist schon seit einer Weile hinter uns. Er bleibt immer auf Distanz und versucht nicht uns zu überholen, obwohl es für ihn kein Problem wäre, mit dem was unter seiner Motorhaube steckt!«

»Typisch französischer Autofahrer, mon *Chéri*. Die Schweizer sind äußerst respektvoll gegenüber Regeln und Gesetzen, weshalb er einfach einen angemessenen Abstand hält.«

Gwenn, abgehärtet aus seinen Tagen in Krisengebieten, antwortete nicht, aber bremste unvermittelt ab.

»Was ist in Dich gefahren? Bist Du verrückt?«

»Nein, ich überprüfe etwas.«

Die dicke Limousine, von dem Manöver überrascht, bremste seinerseits stark ab, machte aber keine Anstalten, den Kleinwagen zu überholen.

»Komisch«, murmelte Gwenn.

Soazic drehte sich um und beobachtete ihrerseits den bedrohlichen Rüpel in der schweren, schwarzen Limousine. Dieser hielt weiter Abstand, jedoch als Gwenn nun beträchtlich langsamer fuhr, war seine Fahrweise nicht mehr verständlich. Gwenn beschleunigte spontan. Der Mercedes tat es ihm gleich und behielt den Abstand bei.

»Das gefällt mir überhaupt nicht«, sagte Gwenn.

Plötzlich nutzte der schwarze Wagen eine Autobahnausfahrt, bog ab und verschwand.

Soazic, die weiter nach hinten sah, warf ihm entgegen:

»Du wirst noch verrückt mit dieser Geschichte. Entspann Dich!«

»Du hast ja recht« , sagte Gwenn zustimmend, aber er war nicht davon überzeugt. Die Erinnerung an den

Ausgang der Sache in *Glénan* war noch präsent, und er befürchtete einen neuen Mordversuch, dieses Mal von erfahrenen Leuten, die ihnen keine Chance lassen würden.

Die Route zog sich durch die Berge. Der Verkehr ließ nach. Von einzelnen Lastwagen abgesehen war die Straße frei.

»Wir werden demnächst einen See erreichen«, sagte Soazic, die die Karte wieder zur Hand genommen hatte. Ich schlage vor, wir machen einen Halt. Es wird dort sicherlich einen netten Landgasthof geben, wo wir Fisch essen können.«

»Gute Idee!«

Der kleine Wagen tuckerte schon bald eine Passhöhe hinauf. Laut Karte lag der See etwas unterhalb. Das Auto erreichte ächzend den Gipfel und begann die Abfahrt. Unten im Tal glitzerte das Wasser in der Alpensonne und gab der Landschaft einen schillernden Anschein. Die beiden Bretonen fühlten sich gut, glücklich und entspannt.

Der Schock hätte nicht brutaler sein können: aus einer kleinen Seitenstraße tauchte der Mercedes plötzlich wieder auf, schoss auf sie zu und prallte mit voller Wucht auf das Heck des kleinen Autos. Gwenn verlor die Kontrolle über den Wagen, der abhob und Richtung Wasseroberfläche flog, wo er kopfüber hineinstürzte und sofort begann zu versinken.

Bevor das Wasser in das Wageninnere eintrat, hatte Gwenn reagiert: er hatte seinen Gurt abgeschnallt und seine Fahrertüre geöffnet. Aber für Soazic war es schon zu spät. Der Druck des Wassers verhinderte, dass sie ihre Türe öffnen konnte.

»Ich kann nicht Gwenn, oh mein Gott, ich schaffe es nicht!«

»Beruhige Dich. Wir haben noch ein bisschen Zeit, bis das Wasser uns eingeschlossen hat. Du machst jetzt ganz genau, was ich Dir sage.«

Das Auto begann langsam in die Tiefe zu sinken. Ein Gefühl von Kälte begann sie zu umhüllen und zugleich wurde das Licht allmählich schwacher. Das Wasser war durch sämtliche Zwischenräume eingedrungen und war bereits bis zu ihren Beinen gestiegen.

»Hör » gut zu. Wir werden gleich auf dem Grund sein. Wenn das Innere voll Wasser gelaufen ist, ist der Druck auf beiden Seiten gleich und Du kannst die Türe öffnen. Dann müssen wir langsam nach oben schwimmen, ohne unnötige Hektik. Hast Du verstanden?«

Soazic nickte. Das Wasser reichte ihr mittlerweile bis zur Brust.

»Atme mehrmals tief ein und pumpe Deine Lungen auf, wenn Du bereit bist.«

Die Dame seines Herzens schloss die Hand fest um den Türgriff und atmete tief ein. Das Wasser stand ihr nun bis zu Mund und Nase. Noch einmal versuchte sie den Kopf anzuheben, um einen letzten Atemzug zu machen, tauchte dann im Inneren des Wagens unter und stieß gegen die Türe. Trotz der trüben Sicht unter Wasser verstand Gwenn sofort, dass etwas schief lief. Soazic rüttelte an dem Türgriff, ohne dass diese sich öffnen ließe. Ihn traf der angsterfüllte Blick seiner Frau, die sich bereits in einem Auto am Grund eines Schweizer Sees sterben sah. Luftblasen entwichen bereits aus ihrem Mund und verrieten ihr Entsetzen. Gwenn stieß gegen seine Türe. Sie öffnete sich langsam. Er packte seine Frau an ihrer Bluse und zog sie zu sich. Dann kroch er aus dem Wagen, suchte Halt auf dem schlammigen Boden und stieß sich mit Soazic fest im Arm ab. Er hoffte inständig, dass die Schlammdecke nur oberflächlich war. Und tatsächlich, es war harter, felsiger Alpengrund, der das Wasser des Sees gefangen hielt und der ihnen Auftrieb nach oben gab. In der Panik hatte Soazic alle Luft verloren, strengte sich jedoch mit aller Gewalt an, den Mund geschlossen zu halten und diesem eindringlichen Appell ihres Gehirns zu widerstehen: »Mach' den Mund auf, mach' den Mund auf, dann fühlst Du Dich besser...«

Aus zwei großen, schäumenden Luftblasen schossen sie an die Oberfläche und Soazic ließ ihren Lebensgeistern endlich freien Lauf. Gwenn holte tief Luft und versicherte sich, dass seine Frau wohlauf war.

»Kannst Du ans Ufer schwimmen?«

»Ja, ich glaube schon. Jetzt geht es wieder.«

»Okay, dann los.«

Sie brauchten nur wenige Augenblicke, um an die Stelle zu gelangen, wo sie mit dem Auto eingetaucht waren. Schaulustige hatten angehalten und winkten. Einer von ihnen stieg ins Wasser und half Soazic die letzten Meter zurückzulegen, um sie auf die Wiese am Ufer zu hieven. Jemand brachte ihnen Decken und heißen Kaffee aus einer Thermoskanne. Nach und nach kamen sie wieder zu sich. Ein Martinshorn war zu hören, dessen Ton abnahm. Die örtliche Polizei aus dem Dorf war schnell über den Unfall informiert worden und erschien am Ort des Geschehens. Ein Beamter in Uniform bahnte sich den Weg durch die Menge zu den beiden Überlebenden.

»*Bonjour*, dürfte ich bitte Ihre Papiere sehen?«

Der Mann hatte den typischen Akzent der Französischen Schweiz. War es der Tonfall? Oder der Unfallschock? Die Unangebrachtheit der Frage? Gwenn und Soazic schauten sich wie versteinert an. Wenn die Situation nicht so dramatisch gewesen wäre, wären sie gerne in Lachen ausgebrochen.

27

»Hier, Monsieur Rosmadec, ein vorläufiger Ausweis, gültig in der Schweiz, für Sie und ihre Frau.«

Gwenn sah den Beamten mit einer Mischung aus Überraschung und Zurückhaltung an, sodass der Schweizer Polizist sich genötigt fühlte, nähere Ausführungen zu machen:

»Zuerst bekamen wir die Bestätigung Ihrer Identität von einem Ihrer früheren Journalistenkollegen, Pierre Leroux, der beim *Matin de Lausanne* arbeitet. Danach haben wir die Gendarmerie in *Pont-l'Abbé* angerufen und *Adjudant-chef* Madame Le Roy hat sich für Sie verbürgt. Sie können also gehen. Übrigens hat *Maître* Lefort aus *Quimper* Geld auf ein Sonderkonto angewiesen, sodass ich Ihnen eine gewisse Summe überreichen kann, damit Sie die sofort anstehenden Kosten decken können.

Während er sprach, überreichte er Gwenn einen dicken Umschlag.

»Ich muss sagen, ich bin beeindruckt von der schweizerischen Effizienz und bedanke mich für die Hilfe, die Sie uns entgegengebracht haben.«

»Es war mir Freude und Pflicht zugleich, Monsieur Rosmadec. Das kann jedoch nicht darüber hinweg täuschen, dass wir detaillierte Ermittlungen einleiten werden, um den Vorfall aufzuklären. Den Zeugenaussagen zufolge sind Sie von einem anderen Fahrzeug absichtlich angefahren worden, um Sie in den See zu katapultieren. Das ist gravierend und ich bitte Sie, sich vorsichtig zu verhalten.«

»Darauf können Sie sich verlassen. Wissen Sie, wie wir jetzt nach *Bern* kommen könnten?«

»Im nächsten Städtchen finden Sie eine Autovermietung. Wenn Sie es wünschen, kann mein Assistent Sie mit dem Dienstwagen fahren.«

»Das ist sehr freundlich von Ihnen.«

»Und vor allem kann ich Ihnen versichern, dass der Garageninhaber anständig ist. Außerdem habe ich eine Fahndung herausgegeben und es scheint, dass ein Zeuge den Mercedes anhand seines diplomatischen Kennzeichens als gestohlen erkannt hat. Zudem existiert Ihre Mietwagengesellschaft in *Genf* überhaupt nicht. Keine Autovermietung stellt einen Wagen dieses Typs zur Verfügung. Ich kenne Ihre Auftraggeber nicht, Monsieur Rosmadec, aber man will Ihnen schaden. Ich kann nur wiederholen, seien sie wachsam, sehr wachsam!«

Der Polizist wandte sich an seinen Assistenten:

»Henri, bist Du bereit?«

»Oui, Chef.«

Dann wandte er sich an das Ehepaar:

»Gute Fahrt, Monsieur Rosmadec. *Au revoir,* Madame.«

Gwenn und Soazic stiegen in den riesigen Geländewagen der Polizei und ließen sich wohlbehalten zur Autovermietung bringen. Schließlich fuhren sie in einem unauffälligen weißen Toyota nach *Bern*.

28

Zu verdanken hatte *Bern* seinen Status als Hauptstadt einem aufstrebenden Viertel mit hohen Türmen aus Stahl und Glas, in dem sich die Hauptniederlassungen von Schweizer Bankinstituten und die staatlichen Verwaltungsbehörden angesiedelt hatten.

Aber in ihrer langen Geschichte hat die Stadt es verstanden, die prächtigen, alten Stadtviertel mit Fachwerkhäusern, die sich an den Windungen der Aare eingenistet hatten, zu bewahren. Sie zeugten sowohl von vergangenem, als auch gegenwärtigem Reichtum, ohne jedoch in Protzigkeit abzugleiten. Die Fassaden der Häuser waren bürgerlich, aber nüchtern. Die alten öffentlichen Gebäude waren imposant an Größe und Umfang, jedoch von jener Zurückhaltung, die für ein protestantisches Land bezeichnend ist.

Gwenn hielt auf dem privaten Parkplatz des Hotels Ambassador, einem prachtvollen Gebäude im alten Stil, das sich am Flussufer erhob.

Der Concierge, in streng grauer Uniform mit goldener Stickerei in Schlüsselform am Revers, empfing das Paar mit gewohnter Professionalität. In den dreißig Jahren seines Berufslebens hatte er viele exzentrische Gäste kommen und gehen sehen. Und diese beiden gehörten zweifellos dazu. Er hatte rotes, zerzaustes Haar, trug einen zerknitterten Anzug und schmutzige Schuhe. Sie hatte nackte Füße und sah aus wie eine Drogenabhängige, die unter einer Brücke geschlafen hatte. Aber er wusste auch, je ausgeflippter, desto reicher. Deswegen behandelte er die Neuankömmlinge respektvoll und mit Fingerspitzengefühl, als er ihnen die üblichen Unterweisungen und die Zimmerschlüssel gab. Es war ohnehin bereits alles bezahlt. Der Mann lächelte und erkundigte sich nach einem guten Schneider für sich und nach einem Schuhgeschäft für seine Frau. Wahrscheinlich kamen sie gerade von irgendeiner Party, wie sie nur Reiche veranstalten, die versuchen für einen Abend *Clochard* zu spielen.

Kaum im Zimmer angekommen griff Gwenn sofort zum Telefon, um diverse wichtige Anrufe zu tätigen, insbesondere mit der Bank, bei der er am nächsten Tag einen Termin hatte, während Soazic sich ein duftendes Schaumbad einließ.

Ein vollständig verwandeltes Paar trat am späteren Abend aus dem Hotel, um durch die Altstadtstraßen zu flanieren. Soazic holte eine Digitalkamera hervor, ebenfalls eine Errungenschaft – Dank der Großzügigkeit von *Maître* Lefort – aus der Einkaufspassage des Hotels. Sie fotografierte die mehrfarbigen Fontänen entlang der Promenade. Endlich machten sie einen kleinen Weinkeller ausfindig, wo sie die regionale Küche genossen.

»Was machst Du morgen, *Chérie*?«

»Um neun Uhr probiere ich meinen neuen Anzug an, und um elf Uhr treffe ich meinen Bankier.«

»Brauchst Du mich?«

»Mir wäre es recht, wenn Du in der Umgebung bleiben würdest. Im Übrigen befinden sich im Umkreis der Bank viele Boutiquen und wir können telefonisch in Kontakt bleiben.«

»Und was soll ich machen?«

»Einfach beobachten, lauschen, aufmerksam sein, alles notieren, was auffällig ist. Und gegebenenfalls Fotos machen.«

»In Ordnung Chef, verstanden.«

Das Echo eines Jodlers aus einer Jukebox drang an ihr Trommelfell. Sie lauschten schweigend der fremdartigen, alpinen Melodie, die an die Brunftschreie der silbernen Möwen in ihrer Heimat erinnerte. Als wieder Stille einkehrte, gingen sie in ihr Hotel zurück.

29

Die *Crédit Suisse Bernois* befand sich in einem großen, neugotischen Gebäude auf einem kleinen Platz, in dessen Mitte die Statue eines alemannischen Kriegers thronte.

Gwenn, tadellos gekleidet in seinem hellen, neuen Anzug, der Seidenkrawatte und den geflochtenen Mocassins, spielte perfekt seine Rolle als Sonderbeauftragter. Sein Gegenüber war ein Mittvierziger in gedecktem Anzug mit roter Weste, der seinem Gesprächspartner zuhörte, während er das Schreiben las, das *Maître* Lefort per Mail an das Hotel gesandt hatte. Als Gwenn mit seinen Ausführungen geendet hatte, legte der Bankier das Dokument freundlich lächelnd ab und setzte, wie es schien, zu einer einstudierten Rede an:

»Ihre Anfrage ist legitim, Monsieur. Sie vertreten einen angesehenen Notar aus Frankreich.«

Er legte eine Pause ein und blickte Gwenn direkt in die Augen, um seiner Sichtweise mehr Gewicht zu verleihen:

»Das ist folglich der Grund, warum ich Ihrer Bitte nicht nachkommen kann.«

Gwenn zeigte sich überrascht und enttäuscht. Der Bankier fuhr fort:

»Sehen Sie, das Bankgeheimnis ist ein Tragpfeiler unserer Institution. Es ist der Hauptgrund dafür, dass wir bei unseren Kunden weltweit angesehen sind. Nun aber ist unsere Rechtschaffenheit in Frage gestellt. Wir sind eine kleine Bank, im Vergleich zu unseren Konkurrenten, aber wir genießen aufgrund unseres guten Rufs Respekt. Was sollen unsere Kunden denken, wenn unser Versprechen ihnen gegenüber infrage gestellt wird?«

Gwenn wiegte den Kopf hin und her, als ob er sein Verständnis signalisieren wollte. Gleichzeitig drückte er unauffällig auf sein Mobiltelefon in seiner Tasche.

»Ich bin mir der Besorgnis von *Maître* Lefort bezüglich der Herkunft des Geldes, das wir ja verwalten, bewusst. Aber man muss wissen, dass....«

Genau in diesem Moment klingelte das Telefon des Bankiers, der sich bei seinem Gast entschuldigte:

»Verzeihen Sie?«

»Natürlich.«

Das Gespräch war kurz, aber nach und nach verzog der Bankmitarbeiter das Gesicht. Er versuchte, gegen etwas zu argumentieren, aber am Ende lief es darauf hinaus, dass er gegen die wie mit einem Presslufthammer vorgetragenen Spitzfindigkeiten nichts ausrichten konnte. Schließlich sagte er:

»Gut, ich verstehe Sie vollkommen. Sie können sich

auf mich verlassen.«

Dann wandte er sich wieder an Gwenn, der seine entgleisten Gesichtszüge zur Kenntnis nahm:

»Es scheint, *cher* Monsieur, dass gewisse Schwierigkeiten, die im Vorfeld bestanden, aus dem Weg geräumt werden konnten. Angesichts dieser Umstände bin ich jetzt in der Lage, ihre Anfrage zu beantworten.«

Gwenn bemühte sich gleichgültig zu wirken, war aber in Gedanken Pierre Leroux dankbar, dem es gelungen war, einen Schweizer Bankier davon zu überzeugen, dass mit der Wahrheit seinem Ruf besser gedient wäre als mit einer Pressekampagne über vermutlich schmutzige Geldwäsche durch die *Crédit Suisse Bernois*. Ein Bankenriese mit dem nötigen finanziellen Rückhalt hätte vielleicht dagegenhalten können, nicht aber diese kleine Gesellschaft, die bei den Großen mitspielen will, aber nicht die nötigen Mittel dazu hat.

Soazic hatte genügend Zeit gehabt, sämtliche Schuhe unter die Lupe zu nehmen: Pumps, Stiefel, Ballerinas und andere Accessoires, die Frauenfüße in Lustobjekte für männliche Fetischisten verwandeln. Sie hatte begonnen, ihren Blick auf die Berner Bauweise der Gebäude zu richten, die den kleinen Platz einrahmten. Nicht wirklich etwas Besonderes, alles war adrett, antiquiert und von der Architektur her eher neugotisch, was dem gesamten Ensemble einen mittelalterlichen Anstrich gab.

Der Vorteil einer Digitalkamera bestand darin, sich keine Gedanken über die Zahl der Aufnahmen machen zu müssen, und Soazic schoss aufs Geratewohl eine nach der anderen.

Die Architektur der Bank war im gleichen Stil gehalten wie die der Nachbarhäuser, eine verwunderliche Reihe kleiner, quadratischer Residenzen mit einer von Mauern umgebenen Terrasse. Die Bank unterschied sich aber von den anderen Häusern durch ein unauffälliges, verziertes Schild mit gotischen Buchstaben. Dieses hatte das Interesse von Soazic geweckt: die feine und zierliche Arbeit der alemannischen Illustratoren, die in der Lage waren einen simplen Text in ein Kunstwerk zu verwandeln. Die Linse des Objektivs glitt an den Windungen des Schildes entlang, blieb an den gezogenen Linien und haarfeinen Strichen hängen, während der Zoom den Ausschnitt der Aufnahme vergrößerte oder verkleinerte.

Ein Detail fing ihren Blick: ein Stein über der Türe schien anders als die anderen zu sein. Der Zoom fokussierte sich auf das Objekt und vergrößerte das Detail. Soazic erspähte, dass auf beiden Seiten der Putz abgebröckelt war. Mehr noch, der Stein bewegte sich, behutsam sicherlich, aber Stück für Stück.

Soazic sah nach oben. Über die Steinkante neigte sich eine menschliche Silhouette und hantierte mit einem Hebel; eine schwarze Silhouette, deren Gesicht von einer Sturmhaube verdeckt war. Der Gesamteindruck dieser Situation war ganz und gar unpassend. So sehr ein Arbeiter in einem Blaumann an dieser Stelle gepasst hätte, so sehr war diese »Person« mit ihrer offensichtlichen Angst vor Entdeckung, fehl am Platze und zog unvermeidlich den Blick auf sich. Zwar war sie fast hinter einem Steinblock verborgen, aber es war der Sucher der Kamera, der Zoom und der Zufall, die ihn aufgespürt hatten. Soazic beobachtete weiter aufmerksam. Der Stein war mittlerweile zur Hälfte gelockert und drohte jeden Moment herauszufallen. Unter dem Portal gab eine Glastüre den Blick auf zwei Männer frei, die am Ende eines Flurs vertraulich miteinender sprachen. Sie erkannte sofort den roten Haarschopf ihres Mannes und gleichzeitig bewegte sich der Stein immer weiter. Er war nun fast ganz heraus und bereit zu fallen. Soazic erkannte endlich die Absicht, die dahinter steckte: Sie galt ihrem Gwenn. Sie ließ den Fotoapparat sofort fallen, rannte an dem Gebäude entlang und schrie: » Gwenn Achtung!« . In dem Augenblick, als er heraustrat, warf sie sich auf ihn und stieß ihn zur Seite. Überrascht setzte Gwenn an, Soazic Fragen zu stellen, als der Stein mit einem fürchterlichen Krachen herabfiel und auf dem Kopf des Bankiers aufschlug. Sein Körper verkrampfte sich nervös, Arme und Beine zuckten, dann wurde er ruhig, endgültig niedergestreckt.

Gwenn begriff sofort. Er stürzte sich auf die in der Mauer eingelassenen, eisernen Gitterstäbe, die ihm zur Hilfe kamen, und sprang auf die Terrasse. Die schwarze Silhouette begann auf der anderen Seite der Bank herunter zu klettern. Getrieben von einer unterdrückten Wut, die nun zum Ausbruch kam und sich vervielfachte, stürmte er ihm nach.

Der Mann in Schwarz sah ihn kommen, hielt sich mit einer Hand am Gitter fest, während er mit der anderen eine Pistole zog. Es blieb ihm jedoch keine Zeit, um auf Gwenn zu zielen, denn dieser versetzte ihm einen heftigen Faustschlag ans Kinn. Daraufhin ließ er los und fiel rückwärts in die dunkle Gasse, wo sein Sturz mit einem dumpfen Geräusch endete.

Gwenn kletterte das Gitter hinunter, bereit, falls nötig, seinen Angreifer für den Mordversuch teuer bezahlen zu lassen. Denn, daran bestand kein Zweifel: Hinter diesem Gangster versteckten sich sämtliche schmutzigen Begebenheiten, die seine bisherigen Ermittlungen geprägt hatten.

Der Körper lag unbeweglich da. Gwenn beeilte sich, die Sturmhaube vom Gesicht des Killers zu ziehen. Ein dünner Strahl Blut rann aus dem Mund des Verletzten, der mit dem Tode rang und röchelte. In der Gasse war es finster, aber Gwenn erkannte mit Bestürzung den Mann, der sie bei ihrer Ankunft in Genf in Empfang genommen hatte, derselbe, der sie wahrscheinlich verfolgt hatte und ihren Wagen in den See stürzen ließ. Wer war er? Und vor allem, für wen arbeitete er? Gwenn beugte sich hinab und hielt sein Ohr dicht an den Mund des Sterbenden, der die Lippen bewegte, aber keinen Ton herausbrachte. Mit Soazic an seiner Seite schloss er die Augen um sich auf die letzten Bruchstücke des Geheimnisses zu konzentrieren, das der Mann offensichtlich lüften wollte, ein letztes Aufbäumen seines Gewissens.

Gwenn gelang es zwar die Silben »Ma... Marie... J...« herauszuhören, konnte jedoch das Puzzle nicht zusammenfügen.

Die Sirenen der Polizei waren schon zu hören, als Soazic in Gwenns Armen endgültig zusammenbrach.

30

Auf ihrem Zimmer im Hotel Ambassador, fanden Soazic und Gwenn endlich die nötige Ruhe. Sie ließen sich ein Tablett Schüblinge, eine lokale Spezialität, bringen und begossen das Ganze mit einem deutschen Bier in einem Maßkrug, als Gwenn begann zu erzählen:

»Fanch Lefort hat auf unergründlichen Wegen fünf Kisten Gold zur *Crédit Suisse Bernois* schaffen lassen, begleitet von Anweisungen, denen zufolge die Verwaltung des Geldes einem gewissen *Maître* Umlaut, Notar in *Bern*, übertragen worden war. Die Verantwortlichen bei der Bank waren nicht allzu genau, was die Herkunft des Goldes anging, zu glücklich auf das Vertrauen der reichen, ausländischen Kunden zählen zu können. Sie hatten die Anweisung, das Gold für zwei Berechtigte gewinnbringend anzulegen: die eine war Marie Cloarec, sowie ihre Abkömmlinge, der andere, kaum zu glauben und für mich unverständlich, war Goulven

Louarn und seine Abkömmlinge. Die Anweisung besagte, monatlich einen Geldbetrag an beide Familien auszuzahlen und gegebenenfalls bei Bedarf einmalig das gesamte Kapital.

»So hat *Maître* Lefort sein Studium finanziert?«

»Exakt. Und genau so hat Malo Louarn sein Altersheim finanziert.«

»Der Bankier wusste nicht viel mehr. Alles was er getan hatte war, die Anweisungen von *Maître* Umlaut zu befolgen und sich für jede Transaktion eine Provision in die Tasche zu stecken.«

»Fünf Kisten Gold sind eine Menge Geld, oder?«

»Leider kein ehrlich verdientes Geld.«

»Was haben Louarn Vater und Louarn Sohn überhaupt mit dieser Geschichte zutun?«

»Erinnere Dich an die Hypnosesituation. Irgendwann hat Marie von einem Brief von Fanch erzählt, den sie dem Magier überreicht hatte, damit er ihn ihr vorlese.«

»Ja, und?«

»Dieses Detail war mir damals entfallen wegen des Nervenzusammenbruchs von Marie Cloarec. Aber Vater Louarn hat ihr nie den genauen Wortlaut des Briefes mitgeteilt, sondern nur, dass er sich darum kümmern wird, alles mit den Behörden zu regeln und sie sich deswegen keine Sorgen zu machen braucht.«

»Folglich....?«

»Folglich kann man annehmen, dass Vater Louarn die Bedeutung dieser Information klar geworden ist und er das an *Maître* Umlaut gerichtete Dokument zu seinen Gunsten gefälscht hat, indem er seinen Namen an die Stelle des eigentlich zweiten Berechtigten gesetzt hat.«

»Mein Gwenn, ich bin stolz auf Dich!«

Das Telefon läutete. Gwenn griff zum Hörer und Soazic hörte ihn mehrfach etwas zustimmen. Dann schrie er:

»Aber ihre Mutter ist in Gefahr!«

Die Antwort des Gesprächspartners beruhigte ihn. Er verabschiedete sich und legte auf.

»Es ist nicht zu fassen!«

»Erzähle mir alles.«

»Marie-Jeanne, die aufopferungsvolle Sekretärin von *Maître* Lefort ist die Schwester von Malo Louarn.«

»Wie bitte?«

»Aber natürlich!« , brüllte Gwenn, »Alles passt jetzt perfekt zusammen! Marie J! Der Mörder versuchte einfach den Namen Marie-Jeanne auszusprechen, die Sekretärin von Lefort! Von Anfang an hat sie ihren Chef überwacht und bei der Gelegenheit auch uns. An Ort und Stelle wusste sie von vorneherein was ich vorhatte, und als dem Louarn-Clan die drohende Gefahr bewusst wurde, haben sie zugeschlagen. Zuerst die Drohungen, dann der Einbruch in unserem Haus und zuletzt die Mordversuche. Sie hat es so organisiert, dass wir die Strecke von *Genf* nach *Bern* im Auto zurücklegen mussten und hat Kontakt zu einem örtlichen Ganoven aufgenommen, um uns auszuschalten.«

»Aber warum ließen sie Goffic umbringen?«

»Die Antwort darauf finden wir vielleicht bei *Maître* Umlaut.«

»Wirst Du ihn morgen treffen?«

»Nein, ich habe noch keinen Termin bei ihm, aber ich soll von einem Schweizer Polizisten begleitet werden, der von Interpol geschickt wurde, um von diesem

Herrn die notwendige Unterstützung zu bekommen.«

»Und Marie Cloarec?«

»Immer noch im Krankenhaus auf einer Station mit regelmäßiger Überwachung durch die Gendarmerie. Ich muss sagen, *Adjudant* Le Roy war sehr effizient. Es war sie, die Interpol eingeschaltet hat, als ich ihr von unserer Geschichte berichtet habe und die es bewirkt hat, dass ich Unterstützung von der örtlichen Polizei bekomme.«

»Wie findest Du den Schübling?«

»Ein *Crêpe-Galette* und ein Glas *Cidre* wären mir lieber.«

31

Falls *Maître* Umlaut ursprünglich Bedenken hatte, die Fragen von Gwenn Rosmadec zu beantworten, so wurden seine Vorbehalte von der diskreten, aber offiziellen Anwesenheit eines Vertreters der Schweizer Staatssicherheit zerstreut. Gwenn stellte sich als Verantwortlicher für Finanzen seines Kollegen, *Maître* Lefort, vor und erklärte, eine Reihe von Morden stünde anscheinend mit der Verwaltung des Erbes von Fanch Lefort in Verbindung. Um einen Schlussstrich unter die kriminellen Machenschaften zu ziehen, sei es notwendig alle Einzelheiten der Angelegenheit zu erfahren.

Maître Umlaut war Deutschschweizer. Um genau zu sein, sprach er Schweizerdeutsch, gespickt mit französischen Wörtern. Aber er gab sich alle Mühe, in der Sprache von Molière zu kommunizieren. In den Windungen seines Gedächtnisses stieß er offensichtlich auf die Entstehungsgeschichte der Akte.

»Vor sehr langer Zeit, als mein Vater noch tätig war,

bekam er ein Paket aus Indochina. Es stammte von Monsieur Fanch Lefort und enthielt nebst einem kurzen Brief ein Bündel Banknoten.«

»Seltsame Methode, finden Sie nicht?«

»Diskretion ist nicht nur eine Spezialität der Banken. Viele Ihrer Landsleute bedienen sich aus, sagen wir, steuerlichen Gründen der Dienste von schweizerischen Notaren.«

»Oder um schmutziges Geld zu waschen, aber bitte, fahren Sie fort.«

»Nun, dieser Monsieur Fanch Lefort hat Kontakt zu meinem Vater aufgenommen, um ein Testament aufsetzen zu lassen. Er informierte ihn darüber, dass eine beträchtliche Summe in Form von Goldbarren an die *Crédit Suisse Bernois* übermittelt und dass unsere Kanzlei beauftragt werden wird, die Geldanlage zu veranlassen und den Transfer der Gelder zu überwachen.«

»Und, haben Sie akzeptiert?«

»Das ist eine übliche Vorgehensweise. Wir arbeiten für Südamerikaner, Russen, Chinesen und viele andere Nationalitäten. Selbstverständlich haben wir akzeptiert. Kurze Zeit später trafen die Goldkassetten ein, während wir unsere Anweisungen erhielten.«

»Haben Sie sie aufbewahrt?«

»Natürlich.«

»Können Sie sie uns zeigen?«

Der Notar schien kurz zu zögern, aber sein Blick begegnete dem des Polizisten, der nichts sagte, nur den Kopf hin und her wiegte, um Gwenns Ersuchen zu unterstreichen. Er erhob sich, öffnete den Tresor, der in einer Ecke seines Büros thronte und entnahm ihm eine schmale Akte.

»*Voilà*, das ist alles. An sich keine große Sache.«

Gwenn nahm die Akte und entnahm ihr das erste Blatt. Sofort erkannte er die enge, zierliche Schrift von Fanch Lefort.

Maître Umlaut,

hiermit weise ich Sie an, meine Kapitalanlage, die ich der Crédit Suisse Bernois anvertraut habe, zu überwachen. Bitte gewährleisten Sie, dass das Geld vernünftig investiert wird und kontrollieren Sie die Entscheidungen des jeweiligen Bankiers.

Übermitteln Sie der Bank die Namen der beiden Berechtigten, welche Sie im Anhang zu diesem Schreiben finden. Aus Sicherheitsgründen muss über diese Transaktion absolutes Stillschweigen bewahrt werden. Die Begünstigten dürfen lediglich mündlich darüber informiert werden, dass eine bestimmte Geldsumme regelmäßig an sie ausgeschüttet wird, aber sie sind nicht berechtigt, die Herkunft des Geldes zu erfahren, andernfalls werden die Ausschüttungen nicht mehr erfolgen.

Ihre Vergütung beträgt 10 % auf jede ausgeführte Überweisung und wird von der Bank automatisch an Sie ausbezahlt.

Das wichtige Dokument endete mit Datum und Unterschrift des bretonischen Marineinfanteristen.

Gwenn griff zum zweiten Schriftstück. Es war kürzer

als das Vorherige und besagte folgendes:

Begünstigte des Fanch Lefort sind:

1. Seine Ehefrau Marie Cloarec, sein Sohn Marcel Lefort und ihre Abkömmlinge.

2. Sein Hausarzt Goulven Louarn und seine Abkömmlinge.

Im Falle des Todes meines Sohnes und falls ich keine weiteren Nachkommen habe, fällt mein gesamtes Vermögen an Familie Louarn.

Gwenn wandte sich an den Polizeibeamten und übergab ihm beide Dokumente.

»Sehen Sie sich das an und sagen Sie mir, was Sie davon halten.«

Der Mann überflog die beiden handgeschriebenen Seiten und gab sie Gwenn zurück.

»Die Schriftstücke scheinen echt zu sein. Sogar das Papier ist alt. Heutzutage benutzt man kein solches Papier mehr.«

»Und Sie, *Maître*?«

»Ich kenne die Unterlagen genau. Mein Vater hat ausführlich mit mir darüber gesprochen, als er mir die Kanzlei übergab. Es ist absolut im Bereich des rechtlich Möglichen.«

»Rechtlich in Ordnung vielleicht, *Maître* Umlaut. Das war aber nicht, woran ich gedacht habe. Sehen Sie sich einmal aufmerksam die Schrift an. Bemerken Sie etwas? Das Zweite ist nicht von Fanch Lefort verfasst worden.«

Der Notar war überrascht.

»Wirklich? Sind Sie da sicher? Aber wer hat da manipuliert?«

»Jemand der das Dokument in die Hände bekommen hat und es entsprechend geändert hat, bevor man es Ihnen hat zukommen lassen.«

»Haben Sie eine Idee?«

»Wer sind die Begünstigten? Wer bekommt am Ende das ganze Geld?«

»Sie denken an Monsieur Louarn? Aber warum hat er in diesem Fall nicht einfach entschieden, der einzig Berechtigte zu sein?«

»Weil der Begleitbrief - der echt ist, denn ich habe die Handschrift von Fanch Lefort sofort wieder erkannt - zwei Begünstigte benennt. Ich erinnere daran, dass Fanch Lefort zu diesem Zeitpunkt noch am Leben war. Derjenige, der sich immer noch Heiler von *Lanildut* nennt, blieb vorsichtig. Er weiß zwar, dass der Geldgeber weit weg ist, aber sollte seine Frau nichts kassieren, würde er es am Ende mitbekommen. Also begnügte er sich damit, nur einen Teil des Geldsegens zu seinen Gunsten abzuzweigen. Er hat in der Tat nur einen Namen in dem ursprünglichen Schreiben abgeändert.«

»Und Sie kennen den Namen des wahren Berechtigten?«

»Ich denke ja, aber er ist tot. Wahrscheinlich deshalb.«

»*Bien*, Monsieur Rosmadec, der zweite Wert, der für uns Schweizer unverzichtbar ist und auf den sich unsere Reputation gründet, ist die Ehrlichkeit. Wenn Sie in der Lage sind, Ihre Vermutungen zu beweisen, werde ich alles Notwendige veranlassen, um die Anweisung richtig zu stellen. Ich habe immer noch Vollmacht bei der *Crédit Suisse Bernois*.«

»Ich werde es versuchen. *Merci*, Monsieur Umlaut. Sie haben mir sehr geholfen.«

32

Gwenn kaufte die Tageszeitung, denn der Titel des *»Télégramme«* hatte seine Aufmerksamkeit geweckt. Er war am selben Abend in die Bretagne zurückgekehrt.

»Direktor der Hortensias Bleus verschwunden

Die Polizei hat nach wie vor kein Lebenszeichen von Malo Louarn, dem Direktor des Altenpflegeheims Hortensias Bleus in Quimper. Da auch sein Auto unauffindbar ist und seine Konten geleert sind, deutet alles auf ein geplantes Verschwinden von Monsieur Louarn hin. Hierfür spricht zudem, dass Monsieur Louarn den Großteil seiner Angestellten, die entbehrlich waren, beurlaubt hat und Patienten, deren Gesundheitszustand es zuließ, für eine Übergangszeit nach Hause zu ihren Familien geschickt hat.

Unterdessen beschäftigt die Ermittler nicht nur das rätselhafte Verschwinden von Monsieur Louarn, sondern auch die Festnahme seiner Schwester, die unter Verdacht steht, mehrere Morde begangen zu haben. Ob zwischen den Ereignissen ein Zusammenhang besteht, wird überprüft...«

Es folgte sodann eine ausführliche Beschreibung der Tätigkeiten des Verschwundenen und Mutmaßungen über etwaige Verbindungen zur dämonischen Persönlichkeit seines Vaters, besser bekannt als der Magier von *Lanildut*.

Gwenn legte die Zeitung beiseite und beobachtete Soazic, die ihre Rosen schnitt. Nachdem sie *Bern*, abermals über den Flughafen in *Genf*, wieder verlassen hatten, hatte sie Gwenn davon überzeugt, nicht die typischen Touristen zu spielen, sondern noch ein wenig die kleinen, unberührten Buchten des Genfer Sees zu erkunden. Und als »die kleine Bucht«, nur für sie beide, gefunden war, hatte sie überzeugende Argumente, ihre Körper in Einklang mit dem Bergfrieden zu bringen.

Gwenn legte eine alte 33er Schallplatte von Louis Armstrong auf und schwelgte in den Klängen der Trompete des Jazzers. Er liebte besonders die Stelle, an der King Louis sein Instrument verschloss und den Ton abwandelte.

Soazic kam zu ihm, einen Strauß Rosen in der Hand.

»Die immer gleiche Stelle!«

»Immer. Ich liebe diese Passage.«

»Von wegen! Er spielt falsch, aber wenn man Armstrong heißt, ist es natürlich genial.«

»Du wirst leider überhaupt nie etwas von Jazz verstehen... und von Genie auch nicht.«

»Vielleicht, aber er spielt falsch.«

Gwenn hob die Schultern. Er wusste nur zu gut, dass diese Art der Unterhaltung zu nichts führen würde und dass Soazic ihm mit ihrem Eigensinn die

Stirn bieten würde.

Er rief sich alle Einzelheiten seiner Ermittlungen wieder ins Gedächtnis. Auf seine Bitte hin wurde eine vergleichende DNA-Analyse durchgeführt, die zu dem Ergebnis kam, dass Marcel Lefort und Ronan Péron miteinander verwandt sind. *Maître* Lefort war mit hoher Wahrscheinlichkeit der Sohn von Anne Péron, die bei der Geburt in *Plonéour Lanvern* gestorben war.

Die an *Maître* Lefort und seine Mutter gerichteten Gelder flossen weiterhin, aber der Notar aus *Bern* gab der Bank Anweisungen, mit dem stillschweigenden Einverständnis der Polizei, die Auszahlungen an Louarn zu stoppen.

Etwas nagte an ihm. Wie war Goffic, der mit Sicherheit der zweite Begünstigte war, hinter das Geheimnis gekommen? Er war sicher der zweite Europäer, von dem Françoise Jolifleur sprach. Er wartete ganz offensichtlich auf die Überweisung seines Anteils, der nie kam, und hielt Marie für verantwortlich. Wie konnte er Gewissheit erlangen?

Soazic setzte sich zu ihm:

»Endlich! Deine zugehaltene Trompete hat aufgehört zu miauen?«

Gwenn war im Begriff, ihr schroff zu antworten, als er erstarrte und sie anblickte:

»Was hast Du da gesagt? *Mon Dieu*, Soazic, Du hast vielleicht die Lösung. Richte Deine Sachen, morgen fahren wir nochmals auf die Île *de Sein*.

»Einverstanden. Aber finde dieses Mal einen Strand ohne Leuchtturm. Ich mag es nicht, wenn man mich mit dem Fernglas beim Liebe machen beobachtet.«

»Ich liebe Dich, Soazic!«

33

Die Touristen waren immer noch zahlreich in diesem heißen Sommer und breiteten sich wie bunte Bänder über die Strände der Insel aus.

Gwenn eilte zum Rathaus, wo er einen Termin mit dem Bürgermeister Yvon Le Menec'h vereinbart hatte, der ihn sehr höflich in seinem Büro empfing.

»Nun, ist es vollbracht? Hat man den Mistkerl, der *Père* Goffic ermordet hat, gefunden?«

»*Oui*, Herr Bürgermeister, und wenn man ihn nicht aus dem Wasser gezogen hätte, um ihn zu identifizieren, würde er sich immer noch von Krebsen und Meeresspinnen ernähren. Aber ich brauche Sie im Hinblick auf diese Geschichte.«

»Ich höre.«

»Nach Goffics Tod, was hat man mit seinen Sachen gemacht?«

»Wir haben auf die Genehmigung der Polizei in *Audierne* gewartet und dann alles geräumt und gereinigt.

Er hat nicht viel besessen, der arme Alte. Ein paar aus Treibholz zusammen gezimmerte Möbel und ein paar abgetragene Sachen aus seiner Zeit bei der Armee. Mehr Schmutz als Stoff, weshalb wir alles verbrannt haben.«

»Und sein Dudelsack, was ist mit ihm passiert?«

»Ah, ich glaube man hat ihn dem Rektor gegeben, der ihn an einen jungen Spieler weitergeben wollte. Wissen Sie, so ein Instrument ist sehr teuer, weshalb man sich bemüht es zu erhalten, solange es einem noch nützen kann.«

»Wissen Sie, ob der Herr Rektor ihn noch hat?«

»Nein, das weiß ich nicht, ich kann ihn aber anrufen. Setzten Sie sich, wir werden es gleich sehen.«

»Hallo *Monsieur le Recteur*?«

»*Oui*, Herr Bürgermeister, was kann ich für Sie tun?«

»Es geht um den Dudelsack des alten Goffic, haben Sie ihn noch?«

»Nein, ich habe ihn dem Neffen von Yvan, dem Langustenfischer, gegeben.«

»Wissen Sie, ob er noch auf der Insel ist?«

»Er ist vor einer halben Stunde gegangen um an Bord zu gehen. Er studiert auf dem Festland. Ich denke er müsste am Hafen sein und auf das Shuttle warten.«

»Vielen Dank, Herr Rektor.«

Gwenn hatte das Ende der Unterhaltung nicht mehr abgewartet, stürzte zum Ausgang und rannte atemlos zur Anlegebrücke.

Die letzten Passagiere gingen gerade an Bord und der Matrose war im Begriff, das Tau vom Poller zu lösen und über Bord zu werfen. Der Kapitän hatte den gewaltigen Dieselmotor angeworfen und überprüfte ein letztes Mal, ob alles bereit war, als er einen großen rothaarigen Kerl schreiend und gestikulierend auf das Boot zurennen sah, in einigem Abstand gefolgt vom keuchenden Bürgermeister Yvon Le Menec'h.

Er verstand sofort, dass irgendetwas Schwerwiegendes passiert sein musste, stoppte das Manöver und wies den Matrosen an, das Haltetau wieder zu befestigen.

Gwenn und Le Menec'h kletterten an Bord und gingen sofort ins Cockpit. Der Kapitän hatte die Motoren gerade abgestellt.

»*Eh bien*, Yvon wie geht's?« , sagte er auf bretonisch.

»Gib mir das Mikrofon, es ist dringend.«

Der Kapitän fügte sich und Gwenn nahm es sich:

»Mesdames, Messieurs, gesucht wird der Neffe von Yvan Landudal. Der Neffe von Yvan Landudal, bitte ins Cockpit kommen, *merci*!«

Die Passagiere sahen sich gegenseitig verwirrt an und es kam etwas Bewegung in die Gruppe. Ein junger Mann in blauem Matrosenhemd erhob sich. Über der Schulter trug er einen Matrosensack. Er war leichenblass, als er etwas unsicher zum Führerhaus ging.

Gwenn beruhigte ihn sofort und erklärte ihm den Grund für diese Vorgehensweise:

»Wir ermitteln im Mordfall *Père* Goffic und müssen etwas nachprüfen. Darf ich bitte den Dudelsack sehen?«

Der junge Mann antwortete nicht, öffnete aber seinen Matrosensack. Er holte das schöne Stück hervor, an dem die Pfeifen zurückgezogen waren. Gwenn zog sie vorsichtig heraus, nahm den Dudelsack unter seinen linken Arm, blies den Sack aus altem Schafsleder auf und begann zu spielen.

Wie er vermutet hatte, klang das Instrument gut, aber der tiefen Pfeife ließ sich keinen Ton entlocken, sodass man den Eindruck hatte, der Spieler spiele tatsächlich falsch.

Aufgeregt über die Bestätigung dessen, was anfangs nur eine vage Vermutung gewesen war, legte Gwenn den Dudelsack auf den Kartentisch und nahm die Pfeife aus dem Sack. Dann begann er, den oberen Teil des Holzblasrohrs zu zerlegen und hielt es, wie ein Fernrohr an sein Auge.

»Wie ich vermutet habe«, sagte er zu sich selbst. »Kapitän, haben Sie eine Flaschenbürste?«

»Ich hole Ihnen eine.«

Der Kapitän stieg in einen Verschlag unter dem Steuerruder und kramte das gewünschte Objekt hervor. Gwenn schob es vorsichtig in die Pfeife bis zum Anschlag und stieß einmal kräftig zu. Ein kleines Metallrohr kam zum Vorschein und fiel unter den staunenden Blicken aller Zeugen auf den Parkettboden des Cockpits. Gwenn hob die Metallhülse auf und gab den Dudelsack seinem neuen Besitzer zurück.

»*Merci*, Kapitän, wir wollen Sie nicht länger aufhalten. Und Sie, junger Mann, werden bestimmt ein begnadeter Spieler.«

Der Neffe von Yvan, dem Langustenfischer, antwortete nicht, lächelte nur zustimmend.

Gwenn verließ das Schiff in Begleitung des Bürgermeisters und beide kehrten zurück ins Rathaus, wo sie das kostbare Objekt auf den Tisch des Gemeinderats legten.

Das kleine Röhrchen war an beiden Enden

zugeschweißt. Der lange Aufenthalt im Pfeifeninneren hatte es geschützt, es wies keinerlei Spuren von Oxidierung auf. Der Bürgermeister holte eine Metallsäge, legte das Rohr auf eine Stuhlkante, klemmte es unter seinen Fuß und machte sich an die Arbeit. Die Stahlschicht erwies sich als dünn, weshalb der Bürgermeister Vorsicht walten ließ und die Säge nicht zu tief ansetzte, um den verborgenen Inhalt zu schützen.

Schließlich war das Rohr in zwei saubere Hälften getrennt. In einer von beiden steckte eine Art Pergamentrolle, die mit einer dünnen Schnur zusammengebunden war. Gwenn zog das wertvolle Dokument behutsam heraus und durchschnitt den Faden mit seinem Taschenmesser.

Er wickelte das Papier auf und erkannte sofort die Schrift von Fanch Lefort:

Mein lieber Goffic,

Deine Entscheidung kann ich sehr gut nachvollziehen. Aber bedenke immer, dass diese Leute, die wir umgebracht haben, allesamt Drogenhändler waren, die täglich ihr Leben auf's Spiel gesetzt haben. Ihr Ende ist nur die logische Konsequenz ihres Handelns.

Abgesehen davon bekommst Du, wie ich Dir zugesagt habe, Deinen Teil des Goldes in Form einer lebenslangen Rente. Ich kümmere mich persönlich um die Umsetzung mit der Hilfe eines europäischen Geschäftspartners, dem ich voll und ganz vertraue. Um die Einschaltung von Mittelsmännern zu vermeiden, werde ich meine Frau Marie damit beauftragen, die

Dokumente an die betreffenden Personen zu schicken.

Ich wünsche Dir einen angenehmen Ruhestand auf unserer lieben Île *de Sein, in Erwartung, Dich dort in einigen Monaten wieder zu treffen.*

Auf bald, Kamerad.

Gwenn hielt den Beweis in den Händen. Goffic war tatsächlich der zweite Begünstigte. Er wandte sich an den Bürgermeister:

»Hatte *Père* Goffic Familie?«

»Nein, er war der einzige Sohn eines Bauern und seiner Frau. Er hat nie geheiratet. Manche Leute dachten, dass er sich eher zu Männern hingezogen fühlte, genau gewusst hat es aber niemand.«

»Das Geld, das er Goffic schuldete, stammte aus dem Opiumhandel. Fanch und Goffic haben die Drogenhändler im Namen ihrer Spionagemission für Frankreich kaltblütig ermordet und das erbeutete Gold für sich behalten. Darf ich Sie um eine Kopie des Schriftstücks bitten? Das Original muss an die Gendarmerie in *Audierne* übermittelt werden, damit die Ermittlungen abgeschlossen werden können.«

»Das dürfte keine Probleme bereiten.«

»Ich bin Ihnen sehr dankbar, Herr Bürgermeister. Ich denke, ich werde wieder Ordnung in die Angelegenheit bringen können.«

34

Mademoiselle Jolifleur,

dank Ihrer wertvollen Hinweise ist es mir möglich gewesen, die Spur der Mörder Ihrer Eltern zurückzuverfolgen und das Gold, das ihnen gestohlen wurde, zu finden.

Ich habe den Schweizer Notar, dem die Verwaltung der Gelder obliegt, angewiesen, es Ihnen vollumfänglich zurückzuerstatten. Mit vollumfänglich meine ich, den noch verbliebenen Rest. Sie werden in der örtlichen Presse von der Festnahme von Malo Louarn, dem Direktor des Altersheims Les Hortensias Bleus, nach einer mehrtägigen Verfolgungsjagd gehört haben. Sein Vater, ehemals bekannt unter dem Namen »Magier von Lanildut«, fälschte ein Dokument, zu seinen und seines Sohnes Gunsten und zu Lasten eines Teils des Vermögens Ihres Vaters. Gegen Malo Louarn werden schwerwiegende Anschuldigungen erhoben. Er wird beschuldigt, in den vergangenen Tagen mehrerer Morde in Auftrag gegeben zu haben, die im Zusammenhang mit meinen Ermittlungen stehen, um dieses Geheimnis zu bewahren. Die Justiz wird sich nun mit ihm befassen. Was meinen Klienten Maître Lefort angeht, ist die Lage weit komplexer und hängt im Wesentlichen von Ihnen ab. Tatsächlich war es Fanch Lefort, sein Vater, wenn auch nicht der leibliche, der mit seinem Freund Goffic Ihre Eltern getötet hat. Fanch hat anschließend die Rückführung des von Ihrem Vater angehäuften Vermögens in die Schweiz geplant, und die Aufteilung zwischen seiner Frau, seinem Sohn auf der einen und Goffic auf der anderen Seite in die Wege geleitet. Das ist der Zeitpunkt, an dem der Vater von Malo Louarn, der Heiler von Lanildut in Gestalt eines Pseudo-Arztes von Marie Cloarec, die Bühne betrat. Durch die Fälschung eines Briefes, der von Fanch handschriftlich verfasst worden war, schrieb er sich den Teil des Vermögens, der dessen Freund Goffic zugedacht war, selbst zu. Ich bin mir bewusst, dass wir hier von den Mördern sprechen, die den Lauf Ihres Lebens einschneidend verändert und Ihre Kindheit zerstört haben. Aber Maître Lefort ist letztlich auf gleiche Art und Weise wie Sie Außenstehender dieser Geschichte. Ich will damit sagen, dass er selbst entsetzt und beschämt war, als er von der Herkunft seines Vermögens erfahren und sich bereit erklärt hat, für die Taten seines Vaters die Verantwortung zu übernehmen. Es sei Ihnen freigestellt, ihn zivilrechtlich dafür zu belangen, dass er über Jahre hinweg Gelder bezogen hat, die rechtlich Ihnen zugestanden hätten.

Es war mir eine große Freude, Sie kennengelernt

zu haben und wünsche Ihnen, dass dieses Füllhorn an Reichtum die Narben auf Ihrer Seele ein wenig verheilen lässt.

Ihr sehr ergebener
Gwenn Rosmadec

***

Lieber Monsieur Rosmadec,

Ich bestätige dankend den Erhalt Ihrer Zeilen.

Wie ich Ihnen bereits sagte, hat das Geld mein Leben genug in den Schmutz gezogen und ich habe entschieden, dass ich nichts davon möchte. Mein jetziger Beruf hat mich gelehrt, dass das wahre Glück darin besteht, anderen zu helfen. Meinen inneren Reichtum ziehe ich aus dem Lächeln eines Schülers, dem ich Freude am Lernen vermitteln konnte. Ich teile voll und ganz Ihren Standpunkt, Maître Lefort betreffend. Er ist für die Machenschaften seines Vaters nicht verantwortlich. Ich werde wegen des Geldes, das er kassiert hat auch keine Klage gegen ihn anstrengen. Ich bin im Gegenteil sehr glücklich darüber, dass dieses Geld einem guten Zweck gedient hat, nämlich einem begabten und fleißigen Mann einen Beruf zu ermöglichen, in dem er offensichtlich sehr gut aufgehoben ist.

Was das übrige Gold betrifft, das mir zusteht, so bin ich der Meinung, dass es den Birmanen zusteht. Es steht natürlich außer Frage, dass es nicht den Politikern an der Macht zukommen darf. Sie haben genug Schaden in ihrem Land angerichtet. Ich träume eher davon, in einigen Monaten eine Stiftung zu gründen. Die Luang-Pô-Stiftung, benannt nach meinem Vater, soll den

Waisen im Südwesten Asiens dienen. Angesichts der zahlreichen Kriege in diesen Ländern gibt es davon leider sehr viele.

Danke für Ihre effiziente Unterstützung. Sie sind in meinem Hause jederzeit willkommen.

Herzlichst,

Ihre Françoise Jolifleur

Gwenn legte den Brief auf den Tisch in der Fischerkneipe, wo er mit Soazic saß und ein bretonisches Bier trank. Die letzten Segelboote kamen den *Odet* hinauf, die Mutigen segelten, die Faulen hatten den Motor angeworfen. Ein Kormoran flog nah an der Wasseroberfläche der Flussmündung, einige Schwarzkopfmöwen pickten im Schlamm der kleinen Bucht von *Sainte-Marine*. Ein Silberreiher, ein wenig verloren in dieser salzigen Landschaft, flog mit großen Flügelschlägen Richtung Norden davon.

Am Horizont umgaben Wolken wie ein zartrosa Diadem die Schafsinsel. Die Abendsonne schien von der Gischt zu Tränen gerührt.

Soazic schmiegte sich an ihren Mann, während ihr verliebter Blick sich in der Betrachtung des Sonnenuntergangs verlor.

Das Mobiltelefon klingelte. Mechanisch griff Gwenn nach dem Hörer, aber bevor er abheben konnte, hatte Soazic es ihm aus der Hand genommen und ausgeschaltet.

»Nicht heute, Gwenn. Heute haben wir frei...«

LES ÉDITIONS DU 38
www.editionsdu38.com

Toulouse, France
mai 2016

ISBN : 978-2-37453-164-9
e-ISBN : 978-2-37453-163-2